드림랜드

드림랜드

1판 1쇄 인쇄 2017년 7월 11일 **1판 1쇄 발행** 2017년 7월 17일

지은이 신정순
펴낸이 김강유
편집 이승희 **디자인** 홍세연

발행처 김영사
주소 경기도 파주시 문발로 197(문발동) 우편번호 10881
등록 1979년 5월 17일(제406-2003-036호)
주문 및 문의전화 031)955-3200 **팩스** 031)955-3111
편집부 전화 02)3668-3295 **팩스** 02)745-4827 **전자우편** literature@gimmyoung.com
비채 카페 http://cafe.naver.com/vichebooks **인스타그램** @drviche **카카오톡** @비채책
트위터 @vichebook **페이스북** facebook.com/vichebook

ISBN 978-89-349-7863-3 03810 책값은 뒤표지에 있습니다.

비채는 김영사의 문학 브랜드입니다.

이 도서의 국립중앙도서관 출판예정도서목록(CIP)은 서지정보유통지원시스템 홈페이지(http://seoji.
nl.go.kr)와 국가자료공동목록시스템(http://www.nl.go.kr/kolisnet)에서 이용하실 수 있습니다.
(CIP제어번호: CIP2017016235)

드림랜드

신정순 소설집

비채

Contents

드림랜드

갓 끓인 커피 향에 신선한 도넛 향이 어우러지면 가게는 잠시 편안하고 아늑한 공간이 된다. 이곳이 시카고에서 가장 범죄율이 높은 '드림랜드'에 있다는 사실을 잊을 정도로.

두꺼운 오븐 장갑을 끼고 조심스레 오븐 뚜껑을 연다. 뜨거운 열기가 훅 하고 얼굴을 덮친다. 도넛은 공장에서 미리 살짝 구워 얼린 상태로 배달되어 오는 것이라 엄격히 말하면 굽는 건 아니다. 그저 데우는 것이지만 한꺼번에 많은 양의 도넛을 따끈하게 만드는 일은 결코 쉽지만은 않다. 딸기, 바나나, 포도, 체리, 초코, 코코넛 등의 맛이 첨가된 열두 가지 도넛을 꺼내 선반 위에 가지런히 올려놓으니 아침 햇살이 그 주위에 달라붙는다. 커피포트 곁에 설탕과 크림, 컵이 잘 놓여 있는지, 도넛 상자와 집게가 제자리에 있는지 다시 한 번 둘러보고 입구 회전문에 붙은 잠금쇠를 연다. 벽시계를 쳐다보니 정확하게 6시다. 모든 것이 완벽하다. 장사 시작한 지 반년 만에 도사가 된 기분이다.

문을 열자마자 기다렸다는 듯이 첫 손님이 회전문을 열고 들어온다. 가게 첫 손님은 거의 언제나 중년의 흑인 스미스 씨이다. 대형 건물에서 밤 청소를 하는 그는 집으로 들어가기 전에 가족을 위해 초코와 딸기 맛 도넛을 여섯 개씩 사곤 한다. 오늘도 예외는 아닐 것이다. 그래도 나는 확인차 뭘 주문할지 물어본다.

"굿모닝, 미스터 스미스. 어떤 도넛을 드릴까요?"

"평소와 같은 걸로 주세요."

"커피도 마실 거죠?"

"네."

"저지방 우유 넣어드릴까요?"

"네, 물론입니다."

두툼하고 검붉은 입술을 벌리며 활짝 웃는 그에게 도넛 상자와 저지방 우유를 듬뿍 넣은 커피를 건넨다. 얼마 전까지만 해도 진한 블랙커피를 즐겨 마시던 그가 위염 진단을 받은 후부터 우유를 넣기 시작한다는 걸 잊지 않았다.

어느새 줄이 길어진다. 샘, 마리아, 호세, 마이클……. 단골손님들은 대부분 흑인이거나 갓 이민 온 남아메리카계 사람들이다. 손님이 많아지면 그 틈새로 도둑 손님이 끼어들기도 한다. 나이를 추측하기 어려운 콧수염 흑인 사내는 꼭 이 시간대에 나타나 자기 가방에서 꺼낸 컵에 리필 커피를 가득 따른다. 내 쪽을 한번 흘낏하긴 했지만 내가 눈치 못 챘다고 생각하는지 여유 있게 콧노래까지 흥얼거리며 유유히 사라진다.

하루 매상의 70퍼센트 이상을 올리는 아침 장사의 마지막 손님은 거의 언제나 멕시코 청년 마리오이다. 마리오는 자기가 먼저 왔는데도 부러 순서를 양보하다 보니 늘 끝 손님이 된다. 가게에 손님들이 어느 정도 빠져나간 것을 확인한 후에 마리오가 조심스레 묻는다.

"도넛 남은 거 있어요?"

멕시코에서 온 지 몇 년 안 되어 그런지 그의 영어에서는 강한 악센트가 느껴진다. 하지만 그리 듣기 싫지만은 않다. 내가 영어를 잘 못해서 그런 걸까? 서툰 영어이기에 더 친근하게 느껴진다. 나는 어제 팔다 남은, 다소 딱딱해진 도넛이 든 박스를 그에게 건넨다.

"이거라도 받아주세요."

그냥 가져가라 해도 그는 한사코 1달러짜리 지폐 두 장을 내민다. 이걸로 룸메이트 서너 명의 하루치 양식이 해결된다고 했던가? 목숨 걸고 국경을 넘어온 자들. 나는 커피 한 잔을 공짜로 그의 손에 쥐여준다. 그는 한국식으로 깍듯이 고개 숙여 인사하고 사라진다. 한국식 인사를 어디선가 배웠나 보다. 이제 가게는 물 빠진 갯벌처럼 조용하다. 나도 뜨거운 커피 한 잔을 천천히 마시기 시작한다.

메디슨과 플러스키가 만나는, 흑인과 가난한 남아메리카 사람들이 밀집해 사는 빈민가. 시카고에서 가장 범죄율이 높기로 소문난 곳. 그중에서도 가장 복잡한 오거리. 그 가운데 큰길과 샛길이 만나는 삼각형 모양 거리의 꼭짓점에 위치한 곳이 내가 일하는 '드림 도넛' 가게이다. 거리 모양과 균형을 맞추느라 입구가 뾰족한 삼각형으로 디자인되어서인지 멀리서 보면 가게는 마치 출항하려고 뱃머리를 내밀고 있는 배처럼 보인다. 지금은 나 외에는 한인을 거의 찾아볼 수 없는 곳이지만 한때 이곳은 한인 이민자들 사이에서 드림랜드라 불린 적도 있었다.

1980년대만 해도 이 동네에는 가게가 많지 않았다. 대낮에도 강도나 도둑이 들이닥치곤 했기 때문이었다. 하지만 한인들은 용감했다. 머리 염색약이며 가발, 속옷, 신발, 술이나 저가의 잡화 등을 이 동네 사람들에게 팔아 돈을 벌어들였다. 그러다 1992년 6월이었던가? 불스 농구팀이 NBA에서 우승하자 흥분한 흑인들이 한인 가게를 연이어 방화하고 물건을 약탈해 간 후 이제는 한인이라곤 거의 찾아볼 수 없는 곳이 되고 말았다. 누군가 한인이 흑인 고객을 손님으로 대하지 않고 도둑 취급한 게 그 이유라고 분석했다지? 그 후 드림랜드란 이름은 과거의 추억으로만 남았고 한인 대부분은 거리를 떠나 안전한 교외로 상권을 옮겨버렸다. 그런데 뒤늦게 나는 여기로 찾아들어 도넛 가게를 하고 있는 것이다.

　내가 어렸을 때 우리 집에서 멀지 않은 곳에 또래들 사이에서 드림랜드라고 불리던 자그마한 놀이공원이 있었다. 아이들은 주말이면 아빠 엄마 손을 잡고 그곳에 모여들곤 했다. 나는 혼자 느리게 원을 그리며 돌아가는 케이블카와 사선을 그리며 빠르게 달리는 롤러코스터가 대조를 이루는 모습을 담 너머로 지켜보곤 했다. 그곳은 그야말로 꿈나라처럼 보였다. 쉴 새 없이 바쁘고 가난했던 엄마는 나를 딱 두 번 그곳에 데리고 간 적이 있다. 한 번은 비가 억수같이 쏟아져서 일찍 돌아왔고 다른 한 번은 공사 중이라 문을 열지 않아 돌아와야 했다. 내가 대학 시절 혼자 그곳을 찾아갔을 때 이미 그곳은 폐쇄되었고, 놀이기구들은 녹슨 고철더미로 변해 있었다. 그때 그런 생각이 스쳤다. 나는 남들이 흔히 꿈꾸는 드림랜드에 들어갈 자격을 상실한 사람이 아닐까, 드림랜드는 오직 선택받은 사람들만 입장이 허락되는 그런 곳이 아닐까.

　유리창 너머로 이 지역에서 가장 높은 건물인 드림타워 아파트가 내다보인다. 허리춤에 권총을 찬 경찰이 아파트 입구에서 걸어 나온다. 그가 우리 가게 중절모 단골을 벽으로 몰아붙이는 광경에 가슴이 서늘해진다. 경찰은 온몸을 더듬어 수색하는 것 같더니 바로 수갑을 채우고 경찰차에 태운다. 불법체류자였던 것일까? 아니면 마약을 소지했던 것일까? 점잖은 사람처럼 보였는데……. 한동안 저 손님을 못 보겠구나.

한 차례 점심 손님들로 가게가 북적거리더니 다시 조용한 시간이 찾아온다. 이번 주 수입 지출 장부를 정리해놓고 보니 시계는 다섯 시를 가리킨다. 라디오에서는 긴급 폭풍주의보가 흘러나오기 시작한다.

"오늘 오후부터 시카고 일대에 거센 폭풍우가 몰려올 전망입니다. 될수록 퇴근을 서두르시고 미시간 호수 근처의 차도는 위험하니 피하시기 바랍니다. 비는 오늘 밤 자정까지 그치지 않을 것으로 예상됩니다. 내일은 바람이 다소 누그러지겠지만 비는 여전히……."

그러고 보니 유리창 너머로 내다보이는 거리에 평소와 달리 차량이 거의 보이지 않는다. 폭풍우 때문에 모두들 일찍 퇴근한 것일까? 구석 탁자에 자리를 잡았다 하면 몇 시간 동안 잡지를 뒤적거리며 앉아 있던 로페즈 할아버지조차 평소와는 달리 움직임이 심상치 않다. 폭풍주의보를 듣더니 접시 위에 남은 도넛을 냅킨에 싸 들고는 인사도 없이 슬그머니 가게를 나간다.

그가 나가자마자 서편 하늘에서부터 먹구름이 경주용 마차라도 되는 듯 이쪽을 향해 마구 달려오기 시작한다. 빗방울이 후드득 떨어지나 싶더니 삽시간에 빗줄기가 거세진다. 그칠 줄 모르는 저 높은 곳에서의 수직 낙하. 한 치 비뚤어짐도 없다. 폭우가 쏟아질 때마다 무어랄까, 흙을 뚫고 나온 풀잎에서처럼 마음 속 깊이 숨어 있던 삶에 대한 열망이 느닷없이 훅 느껴지기도 한다. 이 돌연한 열망은 비가 그치면 순식간에 햇빛 속으로 증발해버리고 말 것이다. 더욱 깊은 우울증을 유발하는 불순한 것들과 연이어 있다는 걸 알면서도 나는 왠지 비오는 날이 싫지만은 않다. 라디오를 끈다. 뉴스나 음악도 좋지만 빗소리보다 더 나은 방송은 없다고 생각하기 때문이다. 문득 부서진 도넛이 눈에 들어온다. 먹어치워야지. 나는 도넛 한 조각을 툭 떼어 입안에 넣는다. 달고 부드러운 도넛의 맛.

드림타워 옥상 위에 달린 전광판에 불이 켜진다. 여섯 시가 되었나 보다. 전광판에는 'American dream is not just dream. It is a way of life'라는 글씨가 붉게 빛나기 시작한다. 미국의 꿈은 단지 꿈에 지나지 않는 게 아니라고? 그 꿈이 바로 우리 삶의 방식이라고? 과연 그럴까? 쓸쓸한 웃음이 흘러나온다. 전광판 바로 아래 창틀에 달아둔 까만 비닐은 바람이 스칠 때마다 펄럭거린다. 마치 박쥐 떼가 날개를 펼쳐 전광판을 힘들게 떠받치는 것처럼 보인다. 저곳 한 달 월세가 얼마라 했지? 이백 달러? 이백오십 달러? 안전한 교외 아파트 월세의 반의 반도 안 되는 액수이다. 천둥이 한번 크게 치자 전광판의 글자들은 곧 숨이 끊어지기

직전인 듯 파르르 떨기 시작한다. 분명 전기가 나가기 전에 일어나는 물리적 현상인 줄 알면서도 어쩐지 거짓 문구를 응징하려는 신의 섭리같이 느껴진다. 미세한 통증이 머리를 스친다.

"당신, 정말 괜찮겠어? 드림랜드란 말, 다 거짓말이야."

신문에 난 광고만 보고 가게를 매입하겠다고 했을 때 남편은 이 말부터 했다.

"거기가 어떤 곳이란 건 나도 잘 알아요."

드림랜드라는 별명을 가진 메디슨과 플러스키 거리가 얼마나 많이 변했는지는 나도 입소문을 들어 익히 알고 있었다. 이미 결정을 내린 듯한 단호한 말투 때문이었는지 남편은 혼자서 가게를 둘러보고 오더니 이렇게 말했다.

"강도가 자주 들어서 내놓은 거래. 근처에서 장사하는 사람들이 그러더라고. 그 동네에서도 유난히 그 가게만 강도가 든다고."

"장사가 제법 잘되는 집인가 보죠. 현금이 있으니까 강도가 들지 않겠어요?"

남편은 곁눈으로 내 눈치를 살피더니 머뭇거리며 다시 말을 이었다.

"게다가……."

"게다가, 뭐요?"

"삼면이 유리로 된 집이야."

남편의 말이 무엇을 의미하는지 잘 알 수 있었다. 연애 시절, 커피 한 잔을 마실 때도 나는 창가보다는 어둑하고 불투명한 벽돌이나 시멘트가 있는 쪽을 택하여 앉았다. 기댈 수 있는 곳을 좋아했기 때문이다. 미국에 와서 잠깐 세 들어 살 아파트를 구할 때조차 될수록 유리창이 적게 달린 집에서 살겠다고 고집을 부렸다. 그런 나를 떠올리고 한 말일 것이다.

"상관없어요. 그냥 계약할 거예요."

나는 짤막하게 남편의 말을 끊었다. 아마 삼만 오천 달러짜리 비즈니스를 하면서 이것저것 따질 계제가 아니라는 뜻으로 알아들었을 것이다.

유리로 둘러싸여 다 들여다보인다고? 그게 무슨 상관이람? 내가 사 개월 동안 살았던 감옥은 의자를 놓고 발돋움하고 손을 뻗어야 겨우 닿을까 말까 한 높은 곳에 쟁반만 한 유리창이 달려 있을 뿐이었다. 사면이 온통 시멘트였다. 그곳에서 시멘트는 내가 기댈 수 있는 물질이 아니라 나를 도망치지 못하게 가두는 잔인한 감옥에 지나지 않았다. 완강하면서도 믿음직했던 사람이 버팀목의 기능을 상실했을 때 그 어떤 사람보다 참을 수 없는 존재가 되는 것처럼, 나는 단단하고 불투명한 시멘트에 지긋지긋해져 있었다. 거기다 이십사 시간 죄수들의 일거수일투족을 기록하던 카메라가 그 벽 속에 숨어 있다는 것을 알게 되었을 때 얼마나 소스라치게 놀랐던가.

목덜미에 소름이 돋아났다. 쿡 카운티 교도소에서의 삶. 어떻게 내게 그런 일이 일어날 수 있었단 말인가. 그래, 그날 밤도 남편은 술에 취해 곤드레만드레가 되어 돌아왔었지. 모른 척하는 게 수다 싫어 표백제에 담가두었던, 이미 손볼 것도 없이 깨끗해진 속옷을 계속 주물럭대고 있었지. 하지만 그것이 딸에게 화살을 돌리게 하는 계기가 될 줄이야. 그리고 그만 다시는 돌이킬 수 없는, 커다란 상처가 될 일로 이어질 줄이야……

"악! 왜 이래!"

그날, 딸 크리스틴의 비명소리에 놀란 나는 빨래를 하다 말고 거실로 뛰어나왔다. 남편은 마치 뭐에 씐 사람처럼 나무토막으로 딸을 내리치고 있었다. 지난번 창문 수리에 사용하였다가 다른 곳으로 치우지 않고 무심코 창문 옆에 방치해두었던 바로 그 자투리 나무토막이었다. 사춘기에 접어든 딸을 때리는 일은 남편이 학위를 포기하고 장난감 공장에서 조립이나 허드렛일을 할 때부터 시작되었다. 박사 학위 공부할 때까지만 해도 점잖고 얌전하던 남편의 어느 구석에 그런 면모가 숨어 있었는지, 도무지 믿기지 않는 행패였다.

작년에도 남편은 딸을 심하게 때린 적이 있었다. 어깨를 다치고 뒷걸음치던 아이는 2층 계단에서 굴러 떨어졌다. 아이는

석 달 넘게 목발을 하고 절뚝거리며 다녀야 했다. 그런데 일 년도 지나지 않아 또 매질을 하다니. 미안하다, 크리스틴, 미안하다……. 바싹 마른 데다 키가 작아서인지 유난히 왜소해 보이는 아이. 아빠에 대한 존경심은 사라지고 증오심만 남은 아이. 커다란 눈에 영리한 빛이 스며 있어 더욱 슬퍼 보이는 아이. 남편의 이마에는 지렁이 같은 힘줄이 벌겋게 돋아 있었다.

"여보! 몽둥이 좀 내려놔. 말로 해. 말로 하면 안 돼?"

남편은 내 말이 전혀 들리지 않는 모양이었다. 연이어 몇 차례 더 아이를 향해 나무토막을 내리쳤다. 맞기만 하던 딸은 여느 때와는 달리 갑자기 고개를 홱 쳐들더니 독기를 내뿜었다.

"한 번만 더 때려봐! 이제까지 아빠가 한 일, 경찰에 다 일러바칠 거야. 그럼, 아빠 어떻게 되는 줄 알아? 아빤 이 땅에서 영원히 추방이야. 영주권이고 뭐고 다 취소되고 당장 이 땅에서 추방이란 말야!"

작년에 우리 부부는 크리스틴의 몸에 난 상처에 대해 아동보호서비스 사회복지사와 경찰 앞에서 변명해야 했다. 다리를 삔 건 본인의 실수로 계단에서 굴러 떨어지다가 생긴 일이라 치더라도 등과 얼굴에 난 상처는 누군가가 때려서 생긴 타박상이 분명하다고 의료진이 주장했기 때문이었다. 우리 부부 중 한 사람이 가해자일 가능성이 크다고 경찰이 말했을 때 남편은 내게 은밀히 의논을 해왔다. 영주권을 신청해놓은 상태라는 것을 강조

하면서, 불법적인 어떠한 행동도 취득에 불리하게 작용할 것이기 때문에 대신 내가 딸아이와 다투다가 그리된 것으로 둘러대자고 했다. 그 말에도 일리가 있어 내가 딸을 설득했고 딸도 입을 맞추어주었던 것이다. 그게 우리 모두를 위해 좋은 일이라 생각했다. 그래서 나만 특별교육을 받는 것으로 사건이 해결되었다.

지난번에도 그렇게 겨우 무마했는데 남편은 또 아이를 때리고 있다. 딸도 이번에는 당하고만 있지 않았다. 안에서 끓던 소리들이 비등점에 도달했는지 쌓였던 말을 입 밖으로 쏟아내기 시작했다.

"내가 뭘 잘못했다고 이러는 건데? 예일 대학, 다른 애들 돈을 싸 짊어지고 가려 해도 성적이 안 돼서 못 가는 데라는 거, 아빠도 알잖아. 첫 학기 등록금만 해결해주면 아르바이트를 하든 뭘하든 그다음 학기부턴 내가 해결한다잖아."

딸도 제정신이 아닌지 안 할 말도 서슴지 않고 내뱉었다.

"아빠가 나한테 왜 이러는지 나 다 알아. 공부할 만큼 했는데도 일이 아빠 뜻대로 안 풀리니까 내게 이러는 거 내가 모를 줄 알아?"

"뭐야? 정신 나간 년! 지금 말 다했어? 아직 덜 맞아서 환장을 한 모양이구나! 아직도 네가 뭘 잘못했는지 몰라서 주둥일 놀려? 예일? 예일 좋아하시네. 가까운 주립대학 가면 등록금 주고 생활비까지 학교에서 대준다는데 왜 그런 기회 마다하고 장학금

한 푼 안 주는 멀리 있는 학교로 가겠다는 거야? 이유가 뭐야? 나 보기 싫어서 멀리 도망가는 거 아니냐고! 내 말이 틀려? 내 말이 틀리냐고!"

남편은 다시 한 번 나무토막을 들어 올리더니 딸을 향해 내리쳤다.

"악!"

"안 돼!"

나는 반사적으로 달려가 딸의 몸을 막고 남편을 벽 쪽으로 밀었으나 그의 팔 힘이 더 셌다. 머리가 어찔했다. 나는 그만 바닥에 머리를 부딪치며 쓰러지고 말았다. 바로 옆에 딸아이가 쓰러져 있는 것을 느끼면서도 손가락 하나 움직일 수가 없었다. 다만 남편이 내뱉는 정신 나간 년들이라는 욕지거리만 아득히 들려왔을 뿐이다.

깨어나보니 병원이었다. 팔에는 링거가 꽂혀 있었다. 내가 깨어난 걸 감지한 남편이 곁으로 다가왔다.

"사십 시간이 지났어."

그렇게 긴 시간이 흘렀다고?

"당신 누워 있는 동안 일이 좀 복잡하게 됐어. 당신한테 정말 미안하지만 다른 뾰족한 수가 없어서……. 당신도 얘길 들으면 다 이해할거야."

그의 눈빛이 몹시 불안해 보였다.

"크리스틴 몸에 난 상처를 체육 선생이 보게 됐나 봐. 지난번처럼 바로 아동학대죄로 경찰에 고발했더라고. 크리스틴도 부모가 때린 게 아니라고 처음에는 잡아뗐는데 계속 잡아뗄 수도 없고 해서 당신이 때리는 걸 내가 말린 걸로 했어."

뭐라고? 또 지난번처럼 내가 때린 거라고 거짓말을 했다고? 어이가 없었다.

"미안해. 당신 원래 잘 참는 사람이니까 이번에도 한 번만 더 참아 줘."

원래 잘 참는 사람?

"변호사랑 의논했어. 당신이 요즘 경제적 압박감에 시달려 스트레스 받다가 순간적 흥분 상태에서 발생한 일이라고 서류를 작성해놨어. 그래야 잡혀 들어가도 형량이 적을 거라고 해서."

또 이런 말도 했다.

"내가 잡혀 들어가기 싫어서 이러는 거, 아니라는 거 알지? 혹시 재판 기록이 남게 되면 영주권 받는 데 문제가 생길까 봐 그래. 영주권 인터뷰 날짜 이제 얼마 안 남았잖아. 다 된 밥에 재 뿌리고 싶지 않아. 당신도 이해하지?"

영주권? 지난번에도 영주권 운운하면서 죄를 내게 뒤집어씌우더니 또 그 영주권 타령이다. 더는 아무 말도 듣고 싶지 않았다. 귀마개라도 있으면 귓구멍을 틀어막고 싶었다. 하지만 그는 말을 많이 하면 나를 설득할 수 있다고 생각하는 모양이었다.

"당신이야 와이프 자격으로 영주권 신청해놓은 거니까 상관이 없어. 그리고 무슨 일이 생기면 그동안 돈은 누가 버냐고? 크리스틴은 예일 가기로 아주 마음을 굳혔어. 그러니 어떡해? 아빠 된 도리로 등록금을 마련해줘야지."

아빠 된 도리?

"내가 일을 두 배로 뛰기로 했어. 마침 공장에서 야간작업할 사람을 구하고 있더라고. 잘됐지 뭐. 몸이야 좀 망가지겠지만 수당을 배로 받을 수 있으니까 등록금 마련에는 문제가 없을 거야. 이런저런 생각 끝에 할 수 없이 당신이 희생하는 방향으로, 우리가 결정을 본 거라고."

결정을 보다니? 그리고 우리라니? 그럼 크리스틴도 공모하여 일을 꾸몄단 말인가? 그 착하던 아이가 왜 이렇게 변한 거지? 그러니까 남편은 생활전선에서 뛰어야 하기 때문에 감옥에 들어가면 안 되고 나는 돈을 잘 못 버니까 대신 죄를 뒤집어써도 된단 말이지. 영주권, 아이비리그, 돈. 도대체 그게 다 뭐기에?

말이 나오기는커녕, 침도 삼켜지지 않았다. 남편과 유학 생활하는 동안 나는 왜 내 능력을 키우지 않았던가, 후회가 밀려왔다. 사실, 미국으로 건너온 후 남편 뒷바라지와 아이 돌보는 일 외에 내가 한 일은 별로 없지만 그게 어디 내 탓인가. 아이가 어려서는 엄마의 사랑 속에 커야 한다면서 정식으로 일을 못하게 한 건 누구였던가? 그런데 이제 와서 이 같은 누명을 뒤집어씌우다니!

"우리나라가 좋은 나라지. 내 자식 내 방식으로 키우겠다는데, 때려 키우든 얼러 키우든 자기들이 무슨 상관인데? 몇 대 좀 때렸다고 말이야, 이렇게 애비 에미 잡아들일 궁리나 하고, 이러니 교육이 제대로 되겠냐고? 이래서 애들이 마약이나 하고 그러는 거 아니겠어? 미국이란 나라, 정말 복잡하고 무식한 나라야."

요즘엔 한국에서도 자녀를 때리면 위법이라는 걸 모르는지 남편은 미안하다는 얘기를 그런 식으로 늘어놓았다. 남편이 말을 마쳤을 때 경찰 제복을 입은 사람이 헛기침을 하며 병실 문을 열고 들어왔다. 허리춤에 달려 있는 수갑이 눈에 거슬렸다. 입술이 바싹 마르고 목이 탔다.

재판은 짧았다.

"크리스틴 한을 때린 게 사실인가요? 사실이면 네라고 대답하고 아니면 아니라고 대답하세요."

판사가 이렇게 내게 물었을 때 '나는 딸을 때린 적이 없습니다. 남편이 때린 겁니다'라고 말했어야 했다. 그게 사실이니까. 하지만 나는 그렇게 대답하지 못했다. 사실대로 말하면 딸까지 위증죄에 걸려들지 모른다는 생각이 들었기 때문이다. 오래 머뭇거릴 수도 없었다. 판사의 탁자 위에 놓인 엄청난 양의 서류로 미루어보건대 내 사건은 몇 분 안에 끝내야 하는 사소한 사건에 지나지 않는 게 분명했다. 판사는 무미건조한 목소리로 내게 4개월의 징역형을 내렸다. 아동학대죄와 관련한 두 번째 사건이기 때문에 그냥 집행유예로만 끝날 수 없다는 설명을 덧붙이면서.

퇴장할 때에 방청석에 앉아 있던 남편과 눈이 마주쳤다. 엄마 말이 맞았다. 그는 나와 결혼으로 이어지지 말았어야 할 사람이었다는 것을 그때 똑똑히 깨달았다.

결혼할 사람으로 한선우를 엄마에게 소개했을 때, 엄마는 얼마나 심하게 반대했던가. 그가 우리 집엘 다녀간 후 엄마는 다짜고짜 이 말부터 했다.

"그 사람, 안 된다."

나는 뜨악한 눈으로 엄마를 바라보았다. 뜻밖이었다. 아빠도 돌아가시고 엄마가 생선 장사를 하면서 겨우 먹고사는 우리 형편에 수재로 알려진 선우 씨 같은 사람이 내 짝으로 부족한 이유가 뭐란 말인가.

"고아라서 그러는 거야? 어렸을 때 두 분 다 돌아가셔서 고아가 된 건 맞는데 그렇다고 고아원에서 자란 것도 아냐. 그 사람 부모님 돌아가시고 나서 곧장 외삼촌이 데려다 키웠어. 눈칫밥 먹고 자란 것도 아니라고. 그 집 아이들 과외 공부 가르치면서 떳떳하게 살았다고 몇 번 말해야 알아듣겠어? 그 사람 미국 명

문대 박사과정 입학허가까지 받아낸 사람이야. 내가 그 사람보
다 나은 게 뭐 있어?"

정말이지 엄마를 이해할 수 없었다.

"고아라서 이러는 거 아니다. 난 그 사람 맘에 안 든다."

"결혼을 엄마가 해? 엄마 맘에 들든 말든 그게 무슨 상관이
야? 난 그 사람하고 결혼할 거야."

엄마는 내 등짝을 후려치더니 깊은 한숨을 내쉬었다.

"그 사람이 들어서는데 가슴이 철렁 내려앉더라. 네 아버지가
들어오는 줄 알았다."

그러고 보니 선우 씨랑 어릴 적 보았던 아버지 모습이 많이 닮
긴 했다. 마르고 큰 키에 구부정한 어깨는 물론 얼굴이 유난히
길고 눈과 눈 사이가 먼 것까지 아버지와 비슷했다.

"목소리며 표정이며 하는 행동이 젊었을 때 네 아버지랑 똑같
더라. 네 아버지 닮았으니 분명 똑똑하고 착한 사람이겠지. 하지
만 운이 없는 사람이야. 재주가 좀 모자라도 사람은 운이 있어야
돼. 네 아버지 보면 몰라?"

엄마가 뭘 말하려는지 이해가 안 되는 건 아니었다. 아버지는
하는 일마다 되는 게 없었다. 우수한 성적으로 대학을 졸업했지
만 번번이 취직하면 그 회사가 얼마 못 가 문을 닫았다. 하는 수
없이 큰 회사를 포기하고 지방으로 내려가 조그만 공장에 취직
을 했는데 하필 야근하는 날 공장에 불이 나 그 불길 속에서 돌

아가셨다. 나중에 알고 보니 그날 야근도 아빠 차례가 아니었다. 동료 직원 부탁으로 대신 일해주다가 사고를 당한 거였다. 아버지의 삶을 지켜보면서 엄마는 인생에서 가장 중요한 건 운이라는 걸 뼈저리게 느꼈던 모양이다.

엄마는 아버지의 유산을 정리하여 서울로 다시 올라와 수산시장에서 조그만 생선 가게를 시작했다. 아빠가 생전에 생선 요리를 해달라고 하면 엄마는 이렇게 말하곤 했다.

"생선 요리는 정말 못하겠어요. 무슨 한에 맺힌 것처럼 눈을 번쩍 뜨고 죽은 둥그런 생선 눈을 보면 왜 그리 가슴이 철렁하는지 도저히 손질을 못하겠어요. 당신 생선 먹고 싶으면 식당에서 사 먹고 와요."

그러던 엄마였는데 막상 아버지가 돌아가신 후 차린 가게가 생선 가게였다.

"왜 하필 생선 가게를 차릴 생각을 했어? 엄마 생선 다듬는 거 싫어하잖아."

언젠가 물었을 때 엄마는 이렇게 대답했다.

"내가 가장 하고 싶지 않은 일, 힘든 일을 해야 안 망할 것 같아서. 내가 하고 싶은 장사, 몸이 덜 힘든 장사를 하면 원금도 다 까먹을 것 같아서 이걸 시작한 거야."

엄마의 대답은 간단하고 확실했다. 생선을 다듬고 파는 일을 하다가 아빠 생각이 나면 엄마의 마음은 어떠했을까? 하지만 엄마의 뜻을 따르자고 선우 씨를 포기할 순 없는 일이다. 엄마는 긴 한숨을 내쉬더니 다시 말을 이어갔다.

"운이 안 따르는 사람, 게으른 사람 지켜보는 것보다 더 힘들다."

"엄마가 점쟁이야? 어떻게 한 번 보고 그렇게 얘기할 수 있어? 그리고 선우 씨가 꼭 운이 안 좋으리란 법 있어?"

나는 신경질적으로 대들었다. 엄마는 미심쩍다는 듯 나를 보더니 이렇게 말했다.

"너 혹시 전에 바다에 빠졌을 때 그 사람이 구해줬다고 고마워서 결혼하려는 거니? 만약 그런 거라면 애당초 그만두는 게 좋아. 그때 네가 살아난 건 네 운명이 살아날 운명이라 그랬던 거야. 그 사람이 네 옆에 없었으면 누군가 다른 사람이 널 구해줬을 거다."

"엄마. 나 그때 그 일로 그 사람하고 결혼하려는 거 아냐. 나, 그 사람 좋아해. 좋아해서 결혼하려는 거야."

"나도 이만큼 살았으면 사람 보는 눈은 있다. 명심해. 지금 마음 모질게 먹지 않고 착한 척하다가 나중에 후회한다."

"후회해도 좋아. 난 그 사람하고 결혼할 거야."

엄마는 혀를 한번 쯧, 차더니 이렇게 말했다.

"피할 수 있는 운명의 덫이라는 것도 있는 거다. 피할 수 있으면 피하는 게 현명한 거지. 넌, 피할 생각조차 안 하는 사람 같구나."

이 말을 한 후 엄마는 나의 결혼에 대해 입을 열지 않았다. 그래, 엄마 말이 맞았다. 그때 그 일은 절대, 결혼으로 이어져서는 안 되는 사건이었다. 나는 왜 이토록 중요한 사실을 이 모든 일을 겪고서야 깨닫게 된 것일까.

내가 그와 특별한 인연을 맺은 것은 졸업여행으로 대천 바닷가에 갔을 때였다. 제대하고 복학한 그가 데이트 신청을 몇 번 했지만 나는 번번이 거절했다. 수재 선배에 대한 호기심이 전혀 없는 건 아니었지만 말줄임표를 매단 것 같은 그의 우물거리는 말투가 마음에 들지 않았다. 무엇보다 그와 가까이 있으면 그의 얼굴에 드리워진 강한 우울이 내게도 금방 옮겨 올 것 같아서 될 수록 그와 함께 하고 싶지 않았다. 그랬는데, 빠른 속도로 진행되는 썰물에 갇혀 물속에서 허우적거리고 있을 때 날 구해준 사람이 바로 선우 씨였다. 위험을 무릅쓰고 파도 속으로 뛰어든 것은 나를 그만큼 좋아했기 때문이라고 철석같이 믿었던 나는 그 후 그의 애인이 되었다. 그때는 그렇게 생각했다. 비록 고아이고 우울해 보이는 사람이지만 내가 언제든 기댈 수 있는 사람이니 그것으로 된 거라고. 그러니 누가 아무리 말려도 그와 결혼하는 것은 의미 있는 일이라고. 엄마의 시종 마뜩찮던 눈빛 속에서도 굽히지 않고 치른 결혼. 바로 그 결혼이 그 후 어떤 불운으로 이어졌던가.

처음 미국으로 건너와서 남편은 자유로운 토론이며 발표를 통해 자기 재능을 본격적으로 발휘하는 것 같았다. 모든 과목에서 높은 성적을 받았고 사 년 만에 치른 박사논문자격 시험에서도 최고 점수를 받았다는 이야기를 들었을 때 얼마나 그를 자랑스러워했던가. 엄마에게 전화로 이 사실을 알렸을 때 엄마도 당신의 걱정이 기우에 불과했다며 진심으로 기뻐했다. 내가 좋아하지 않던 우울한 표정도 말끔히 사라지고 말투마저 달라지는 것 같았다. 한국에서와는 달리 일상적인 대화를 할 때도 문장 끝에 힘이 들어 있고 매사에 자신감이 넘쳤다. 나는 남편의 공부를 방해하지 않으려고 혼자 택시를 불러 병원에 가서 아기를 낳았고 입원비를 절약하기 위해 아기를 낳자마자 퇴원해서 미국 간호사들을 놀라게 했다. 남편의 학비며 생활비 걱정을 조금이라도 덜어주려고 비좁은 아파트에서 아이를 업고 만든 밑반찬을 식품점에 납품해 푼돈을 벌기도 했다. 그러면서도 꿈꾸는 부레를 단 물고기처럼 지치지 않았다. 미래에 대한 희망으로 가득 차 있었던 것이다.

하지만 남편의 지도교수, 닥터 버클이 몇 년이 지나도록 논문을 통과시켜 주지 않았을 때 불길한 예감이 들기 시작했다. 나중에 알고 보니 논문이 미흡해서가 아니었다. 그 교수의 가정을 파탄나게 하고 자신에게 돌아올 유산을 가로챈 아버지의 애인이 바로 한국 여자였기 때문이라는 것을 알게 되었을 때 우리의 유학 생활은 이미 팔 년 고개를 넘고 있었다. 지도교수를 바꾸고 싶어도 그 학교에서는 바꿀 수가 없었다. 버클 교수는 세력이 대단하여 그와 부딪히는 일은 다른 교수들이 피하려 한다는 사실도 너무 늦게야 깨달았다. 다른 학교로 옮기려 해도 이미 늦었다. 그때쯤에는 미국 학교에서 주는 장학금이나 엄마가 부쳐준 돈도 모두 바닥이 난 지 오래였다. 그리고 학교 등록이 미뤄지면서 우리는 자연스레 불법체류자가 되고 말았다.

한동안 집에서 웅크리고만 있던 남편은 마침내 장난감 공장에서 조립이며 배달이며 닥치는 대로 일하기 시작했다. 거기서 영주권 신청을 해놓았기 때문에 월급은 제대로 정산되지 않았다. 박사과정 수료자이면서도 최소한의 임금만 받았다. 그 후부터 그는 시간만 나면 술을 마셨다. 술을 많이 마신 날이면 많이 마신 만큼 주사가 심했다. 그러다 지쳐 소파에 자고 있는 그를 보면 처음에는 마음이 아팠다. 원래 나쁜 사람은 아닌데 상황이 그를 이렇게 만든 거야, 그렇게 스스로 다독이기도 했다. 하지만 구타하는 버릇이 생긴 후론 그런 마음조차 사라져버렸다. 그가 집에 돌아오는 시간이 되면 불안으로 가슴이 두근거렸다. 차라리 그가 죽어버리면 좋겠다는 생각이 들기도 했다. 몇 번 이혼할 생각이 들기도 했지만 물리쳤다. 크리스틴에게 내가 해준 게 뭐가 있는가. 엄마 아빠 이혼하는 모습까지 보여줄 수는 없다고 생각했다. 그렇게 영위해온 결혼 생활이었다.

시카고 시내에 자리한 쿡 카운티 경범죄 죄수들이 수감된 교도소에는 흑인과 백인이 가득했다. 동양인 여자라곤 마약을 팔다 잡혀온 필리핀 여자와 나 외에는 없었다. 내가 기거하기로 되어 있는 큰 방에는 100여 명의 여자 수감자가 있었다. 죄수들은 하나같이 칼라 없는 갈색 면 셔츠에 '쿡 카운티 교도소'라고 적힌 헐렁한 바지를 입고 있었다. 키가 155센티미터에 몸무게가 46킬로그램밖에 안 나가는 나는 가장 작은 사이즈를 입고도 바짓단이나 소매를 걷어야 했다. 동양인 여자가 교도소에 들어오면 동성연애자들의 밥이란 말을 귀동냥으로 들은 적이 있는데 다행히 이곳에서 나를 성적으로 괴롭히는 사람은 없었다. 내가 들어오기 바로 전, 매춘을 하다 들어온 한국 여자가 꽤 소란을 피우고 거칠게 굴다 나갔다는데, 그게 오히려 도움이 되었다. 한국 사람이라고 하자 같은 방 죄수들은 매춘하다 들어왔냐고 묻고 아무 대답도 하지 않자 자기들끼리 잠시 수군거리더니 더 집적거리지 않고 내버려두었다.

남편은 자주 면회를 왔다.

"크리스틴은 예일 캠퍼스가 맘에 드나 봐. 기숙사 방에서 자기가 좋아하는 단풍나무가 보인다고 자세히 썼더라고. 그리고 벌써 다음 학기 장학금 신청도 알아봤나 봐. 성적만 좋으면 장학금 받을 가능성도 높은 모양이더라고. 잘됐지 뭐. 당신한테 미안해서 편지도 직접 못 쓰겠다고 하니 당신이 이해해. 그리고 변호사한테 연락이 왔는데 영주권도 예정대로 차질 없이 진행되는 중인가 봐."

차질 없이? 나도 모르게 쓴웃음이 흘러나왔다.

그는 때로 나를 진심으로 위하는 척도 했다.

"당신 방에 한국 잡지 몇 권 넣어달라고 부탁했어. 내가 직접 전해주는 건 규칙상 안 된다고 해서 행정실에 신청해놨어."

미국에서 사는 사람이 책을 읽으려면 영어로 된 책을 읽어야지 왜 한국말로 된 책을 돈 주고 사서 읽느냐면서 그동안 단 한 권의 한국 책도 못 사게 한 그다. 그랬던 그가 한글로 된 책을 사서 넣어준다고 했다. 지금이라도 내 마음이 바뀌어서 사실을 폭로할까 봐 비위를 맞추려고 애쓰는 거란 걸 내가 모를 줄 알고. 흥, 코웃음이 절로 나왔다.

방마다 설치된 이십사 시간 작동하는 카메라 때문일까. 다리가 제대로 뻗어지질 않았다. 바깥에선 여전히 불볕더위가 계속되고 있었다. 일교차가 제법 심한 밤에도 화씨 칠십 도 이하로는 떨어지지 않았다는데 왜 그리도 춥게 느껴지던지……. 한밤이 되면 온몸을 둥글게 말고서 잠을 자다가 몇 번이고 깨기도 했다. 발가락에서 고드름같이 시린 것이 삐죽이 돋아나는 것 같아서였다. 불을 켜보면 발가락 끝에는 잘리기 위해 태어나는 발톱이 고개를 내밀고 있을 뿐이었다.

밤에는 좀체 꾸지 않던 꿈을 꾸기도 했다. 바다에서 혼자 헤엄을 치고 있는데 몸이 전혀 나아가질 않았다. 무릎이 쓰라렸고 손바닥이며 발뒤꿈치가 아파서 눈을 떠보니 내가 헤엄치고 있는 곳은 물속이 아니었다. 물은 어느새 저만치 빠져나갔고 나만 홀로 모래 위에서 안간힘을 쓰며 헤엄치고 있었던 것이다. 나는 헉헉 가쁜 숨을 몰아쉬다가 깨어나곤 했다.

여름의 무더위가 어느 정도 사라지고 아침저녁으로 제법 선선한 바람이 불어오기 시작하던 어느 날이었다. 점심시간이 되자 우리 방 죄수들은 줄을 서서 식당으로 몰려갔다. 제일 뒤에 서 있던 나는 쓰레기통 바로 옆에 있는 탁자에 자리를 잡았다. 혼자서 식사를 하고 있는데 문득 인기척이 느껴졌다. 고개를 들어보니 키가 훤칠한 동양인 여자가 내 옆에 서 있었다. 얼핏 보았는데도 그녀에게서는 단순한 복종의 삶을 사는 것이 아닌, 자기 생에 집중하며 살아가는 자들이 갖는 자존감 같은 것이 풍겼다. 앞으로 알맞게 튀어나온 이마며 짙은 눈썹, 단단한 턱선 때문일까? 생머리를 고무줄로 질끈 뒤로 묶고 죄수복을 입었는데도 당당하다는 느낌이 들었다.

여자는 날 마주보고 앉더니 한국말로 인사를 건넸다.

"한국분이시죠? 반가워요."

"아, 네……."

그때 나는 아마도 이맛살을 찌푸렸을 것이다. 이렇게 죄수복을 입은 상태에서 같은 한국 사람을 만나다니. 불편하기 짝이 없는 일이었다. 여자는 분명 내게서 불쾌한 기색을 느꼈을 텐데 별로 괘념치 않는지 두 손으로 턱을 괴고 짓궂은 표정을 지으며 말했다.

"뭔 일로 여길 오시게 되었을까?"

"......."

나는 아무 대꾸도 하지 않았다.

"매춘이나 마약에 연루된 사람 같아 보이진 않는데……."

나는 음식을 먹다 말고 식기가 담긴 쟁반을 들고 일어서려 했다. 그때 여자가 내 얼굴을 빤히 들여다보며 동정 가득한 눈빛으로 말했다.

"억울하시겠다."

"뭐라고요?"

깜짝 놀라 나도 모르게 목소리가 높아졌다. 어디까지 알고 있는 걸까…….

"뭘 그리 놀라요? 무지 착해 보이는 사람이 여기까지 온 걸 보면 무슨 사연이 있었을 것 아니에요? 더 견딜 수 없어 일을 저질렀겠지. 그러고 보면 정말 법이란 건 너무 편파적이고 일방적이고 폭력적이에요. 안 그래요?"

화가 났다. 그냥 추측해본, 별 뜻도 없는 말에 공연히 움찔한 것이 창피하다는 생각도 들었다. 나는 여자를 한번 째려보고 등을 돌렸다. 발걸음을 떼려는데 여자가 빠른 속도로 말했다.

"혹시 저, 누군지 모르세요?"

그 말에 당황하여 엉거주춤 쟁반을 든 채 그대로 서서 여자를 다시 한 번 보았다.

누구지? 혹시 내가 아는 사람인데 기억을 못 하나?

나와 눈이 똑바로 마주 친 여자는 내 마음을 읽었는지 이렇게 말했다.

"크리스마스 아침, 백인 남편을 총으로 쏜 한국 여자, 모르세요? 칠 년 전 사건인데."

나는 여자를 돌아보았다. 물론 안다. 너무 인상적인 사건이어서 이름까지 기억한다. 김학경. 시카고에 사는 한인치고 이 사건을 모르는 사람이 있을까. 한국 신문뿐 아니라 이곳 주류 언론에서도 여러 번 대서특필된 사건인데.

김학경은 학창시절 잡지 표지 모델로도 나올 정도로 미모를 갖춘 여성이었고, 서울에 있는 인문대학 강사로 일하던 소위 '인텔리'였다. 그런데 자기를 좋아하는 한국 남자들 다 뿌리치고 한국 지사로 파견 나온 백인 남자를 만나 결혼해 시카고로 건너왔다. 그런데 시카고에 온 후로 남편의 태도가 서서히 변하기 시작했다. 한국에서는 그토록 즐겨 먹던 한국 음식도 질색을 하고 여자의 영어가 시원치 않다며 트집을 잡았다. 그러다 몇 년 후부터는 남편의 외박이 잦아지기 시작했다. 여자는 사립탐정을 고용해서 조사를 했다. 그 결과 같은 회사에 근무하는 백인 여자와 바람을 피우고 있다는 것을 알게 되었다. 여자는 복수심에 불타올라 권총을 샀다.

크리스마스 아침이었다. 남편은 분명 크리스마스 이브까지는 집으로 돌아오겠다고 약속해놓고 다음 날 아침에도 돌아오지 않았다. 여자는 뜬눈으로 밤을 새웠다. 전화를 해보았지만 받질 않았다. 여자는 자기 배를 쓰다듬어보았다. 배 속의 아기가 숨을 쉬는 게 느껴졌다. 결혼 십 년 만에 한 임신이었다. 그래서 기다렸다. 자주 출장 간다는 거짓말도 믿어주기로 했다. 임신을 했으니 남편이 자기에게 돌아올지도 모른다는 기대가 있었고, 아이를 낳으면 남편과 다시 사이가 좋아질지 모른다는 희망도 있었다.

하지만 아무리 기다려도 남편이 나타나지 않자 여자는 탐정이 일러준 남편의 애인 집으로 가보았다. 집 앞에는 남편의 차가 주차되어 있었다. 여자는 벨을 눌렀다. 아무도 문을 열어주지 않았다. 뒷문으로 갔다. 부엌 쪽문이 열린 것이 눈에 띄었다. 여자는 문을 열고 들어갔다. 그리고 이 층으로 올라갔다. 거기서 애인과 잠들어 있는 남편을 발견했다. 여자는 가방에서 총을 꺼내 남편을 쏘았다. 총알은 남편의 허벅지를 관통하였고 이 일로 여자는 법정에 서게 되었다. 그 기사의 제목이 〈성탄 아침의 총성〉이었던가?

"네. 기억해요. 근데 그 이야기와 무슨……."

"그 사건의 주인공이 바로 나예요."

남편을 총으로 쏜 사람이 바로 당신이라고? 처음에는 살인미수로 이십 년이 구형되었다가 재판 도중 유산이 되어 재심 때 배심원의 동정을 사 칠 년으로 감형받은 여자. 나도 모르게 여자의 신상카드 목걸이에 눈이 갔다. 죄수번호 옆에는 김학경이란 이름이 있었다. 맞다. 그 여자다.

나는 손에 들고 있던 식기를 내려놓고 다시 의자에 앉았다. 여자는 피식 쓴웃음을 지으며 이렇게 말했다.

"오늘로 벌써 육 년 하고 팔 개월 살았네요. 어떻게 지내나 했는데 이제 사 개월밖에 안 남았어요."

여자는 잠시 침묵하다가 이런 설명을 덧붙였다.

"우리 방 죄수들은 원래 다른 점심시간에 식당엘 와요. 근데 간수가 한국 사람이 왔다고 특별 배려를 해줘서 이 시간에 온 거예요."

그러고 보니 옆 탁자에 앉아 있는 간수가 계속 우리 쪽을 지켜보는 게 눈에 들어왔다. 여자는 내 가슴께에 있는 아이디를 유심히 들여다보더니 내 이름을 천천히 발음했다.

"한, 혜, 주."

여자가 손을 내밀면서 악수를 청했다.

"만나서 반가워요."

나도 얼떨결에 여자의 손을 잡았다. 그때 점심시간을 파하는 신호음이 울렸다. 여자가 돌아섰다. 여자는 창구에 식기를 반납한 후 나오는 다른 통로 쪽으로 사라졌다. 그녀의 방은 내가 있는 곳과 달리 북향 방인 듯 했다.

다음 날이었다. 간수와 함께 식당에 들어온 여자는 곧장 내 쪽으로 다가와 맞은편에 앉았다.

"우습죠? 이 생활도 익숙해지니까 여기 사는 것도 별로 나쁘지 않다는 생각이 들어요. 사람들과의 관계를 아예 차단해버리니까 감정 치장 안 해도 되고 나 혼자만의 생각 밑바닥까지 철저하게 내려갈 수 있다 생각하니 차라리 속이 편해질 때도 있고요. 물론 이제 형량이 얼마 안 남아서 든 생각이기도 하겠지만요."

그렇게 말하고 여자는 생긋 웃었다. 웃으니 보조개가 깊게 파이면서 귀여운 얼굴이 되었다. 앞머리를 입술로 후 불자 이마가 더욱 도드라지면서 당돌해 보이기도 했다. 내가 갖고 있지 않은 매력을 그녀는 가지고 있었다.

다음 날에도 그다음 날에도 거의 매일같이 여자는 점심시간에 나타났다.

"여기 와 있는 사람들과 이야기하다 보면 이 사람이 특별히 나빠서가 아니라 불행에 발목을 잡혔을 뿐이다, 뭐 이런 생각이 들 때가 있어요. 왜, 발목을 잡는 덫이란 게 있잖아요. 아무리 피하려 해도 피해지지 않는 그런 운명 같은 거요. 여기 온 사람들은 대부분 그런 운명의 덫에 걸려 여기 온 것 같아요. 안 그래요?"

운명의 덫이라……. 문득 머릿속에 남편이 떠올랐다. 내 얼굴이 어두워졌나 보다. 그녀가 갑자기 장난스럽게 상체를 내 앞으로 들이밀었다.

"감옥 생활을 성공적으로 해내는 법이 뭔 줄 아세요?"

그런 게 있나?

"잘 자는 것, 잘 먹는 것에만 집중하는 거예요. 복잡한 생각 같은 건 되도록 하지 말고요."

나도 모르게 웃음이 나왔다.

"그래도 꼭 생각이라는 걸 해야 한다면……."

여자는 팔짱을 끼더니 마치 진리를 말한다는 양 한 마디 한 마디 또박또박 힘주어 말을 내뱉었다.

"생각도 가위질을 해야 해요. 나를 우울하게 하는 생각들, 그 비슷한 생각들은 모두 싹둑싹둑 잘라내는 거죠. 생각을 잘못 놔두면 방향을 잃어버린 짐승처럼 날뛰기도 하잖아요. 날 잡아먹을지도 몰라요. 그러니까 철저하게 훈련해야 해요. 안 그래요?"

감옥에서 오래 살다 보면 이렇게 명쾌한 해답이 도출되는 것일까? 하지만 억울하다는 생각이 드는 걸 어떻게 잘라낸단 말인가? 그게 가능키나 한 일인가. 헤어지기 전에 여자가 소리를 잔뜩 낮추며 귓속말을 했다.

"우울증 약 좀 드릴까요?"

"네?"

"내가 먹는 건데 여유분이 좀 있어서요. 먹고 나면 견디기가 훨씬 좋은데."

약을 먹는구나.

"아니에요. 괜찮아요."

나는 거절했다.

"다행이네요. 견딜 만하신가 봐요. 담에 필요하면 언제든지 말해요. 의사 선생님에게 용량 늘려야겠다고 하면 더 주니까요."

"진료를 받으세요?"

"네. 정기적으로 정신과 치료를 받으러 가요. 제가 정상, 비정상의 경계에서 왔다갔다 하거든요."

여자는 그렇게 말하고 어린아이처럼 웃었다.

점심시간이 기다려졌다. 그녀와 이야기하고 있으면 여기가 감옥이란 사실을 잊기도 했다. 이따금 마음이 잘 통한다 싶을 때는 다른 죄수들이 그러는 것처럼 서로 이마를 맞대며 킬킬거리며 웃기도 했다. 나도 그녀를 좋아했지만 나와 이야기를 나누고 있을 때면 그녀의 눈에서도 탄소동화작용을 일으키는 활엽수 같은 싱싱함이 느껴지기도 했다.

그렇게 몇 주가 지났는데 한동안 여자가 보이질 않았다. 늦게라도 여자가 나타나지 않을까 해서 통로 쪽을 유심히 살피기도했다. 왜 안 나타나는지 궁금했지만 여자와 동행하던 간수의 모습도 보이지 않아 어디 물어볼 데도 없었다. 혼자서 먹는 식사는 곤욕스럽기만 했다. 건조한 빵과 느끼한 스프, 이상한 향신료를 넣어 만든 소시지와 기름을 넣고 볶은 양배추와 홍당무⋯⋯. 도무지 먹기 힘든 음식들만 나왔다. 헛 포크질만 하다가 그마저그만두고 음료수만 들이켰다. 여자가 없는 식당은 구심점을 잃고 생기가 사라진 공간처럼 느껴졌다. 게다가 식기와 포크가 부딪치는 소리, 다른 죄수들이 킬킬거리는 소리, 다투는 소리는 왜그리 크게 들리던지⋯⋯.

폭우가 연이어 쏟아졌다. 사방을 빗물로 가득 채울 것 같은 그런 비였다. 축축함이 건물 안으로도 스미는 것 같았다. 그녀가다시 식당에 나타났다. 광대뼈가 돌출되었고 피곤함이 역력해보였다. 살이 너무 많이 빠져서인지 걸을 때마다 죄수복이 커다란 날개처럼 펄럭거렸다.

"그동안 왜 안 보이셨어요?"

그녀가 내 앞에 다가와 앉았을 때 내가 먼저 인사를 건넸다.

"치료받느라 못 왔어요. 우울증이 심해져서 통원치료를 받았거든요."

"통원치료요?"

"교도소랑 연결된 정신병원이 있어요. 불면이 계속되면서 우울증이 왔나 봐요."

그리고 보니 여자는 눈빛마저 흐릿해져 있었다.

"약은 드셨어요?"

여자는 고개를 끄덕했다.

"혹시 무슨 일이 있었나요?"

여자의 눈에 눈물이 그렁그렁 고였다.

"남편이 죽었어요."

나도 모르게 헉, 하는 소리가 나왔다.

잠시 후 여자가 다시 입을 열었다.

"시어머니가 절 찾아왔어요."

여자는 두 손으로 얼굴을 감쌌다가 쓸어내리더니 긴 한숨을 내뱉었다.

"내가 쏜 총에 다친 다리 수술하다가 죽었다고 하네요. 그동안 재활치료 받으면서 경과를 지켜봤는데 결국 안 돼서 절단 수술을 했다는데, 심장에 문제가 생겼나 봐요."

그랬구나. 그런 일이 있었구나. 그래서 밤잠도 못 이룬 거구나. 이해가 갔다.

"시어머니가 이렇게 말하더군요. 그 사람 탓만 하지 말라고요. 유치원생처럼 아무것도 모르고 동정만 바라는, 남이 보살펴주기

만을 바라는 그런 여자를 세상 어느 남자가 좋아하겠냐고 하더군요. 그 사람이 나 때문에 얼마나 힘들어 했는지 아느냐면서 울더라고요."

여자는 멍하니 허공을 바라보다가 생각나는 대로 주섬주섬 말을 잇기도 했다.

"진정 그 사람을 사랑했다면 그가 배신하지 않도록, 미국에 와서도 능력이 유지되고 성격이 변하지 않도록 필사적으로 노력해야 했던 건 아니었냐고도 했어요. 총을 쏠 만큼 사랑했다면 왜 좋은 쪽으로 노력은 하지 않고 그런 방법을 택했느냐고 물었어요."

아들을 잃은, 머리가 하얗게 센 백인 할머니가 머릿속에 그려졌다.

"그러고 보니 남편이 전에 했던 말이 생각나네요. 제가 어떻게 날 두고 다른 여자랑 바람을 피울 수 있냐고 물으니 이렇게 대꾸하더군요. 자기는 지금도 한국에 있었을 때의 나를 사랑하고 있다고요. 하지만 그때의 나와 미국에 온 후의 내가 같은 사람이라고 생각되지 않는 게 문제라더군요. 옛날 한국에서의 나를 사랑하던 그 마음은 아직 그대로인데 오히려 변한 건 내가 아니냐고 따지기도 했어요. 그래서 내가 말했죠. 미국에 오면 내가 이렇게 될 줄 몰랐냐고. 말도 안 통하고 피부색도 다른 사람들 속에서 어떻게 내가 한국에서처럼 자신감 있고 쾌활하게 살아갈 수 있냐고. 그건 당신이 이해해야 하는 부분 아니냐고 했죠. 그랬더니 이렇게 말하더군요. 내가 이 정도로 문화적 차이 때문에 헤맬 줄은 몰랐다고. 누가 말 시킬까 봐 초조해 하고 파티라면 아예 갈 생각도 안 하는 폐쇄적인 사람이 될 줄은 정말 꿈에도 생각 못했다고 하더군요."

나도 어디선가 들었던 말이었다. 영어가 필요한 상황에 남편에게 도움을 청할 때마다 그는 버럭 화를 내곤 했다. 미국에서 이렇게 오래 살았는데 아직 이 정도 영어도 안 돼? 당신 이 정도밖에 안 되는 사람이었어?

내가 어떤 반대를 무릅쓰고 자기랑 결혼을 했는데. 내게 이런 말을 하다니. 그때 느낀 억울함과 모욕감이 되살아났다.

그녀의 어깨는 언제 가라앉을지 모르는 종이배처럼 가냘파 보였다. 처음 보았을 때의 당당함은 조금도 찾아볼 수가 없었다. 그녀의 말은 점점 어물거리기 시작했고 띄엄띄엄 하는 말들은 잘 연결되지 않아 두서가 없는 것처럼 들렸다. 그러다 갑자기 혼돈을 떨쳐버리고 싶다는 듯 머리를 세차게 흔들더니 이렇게 말하기도 했다.

"그는 죽어 마땅한 사람이 아니었나요? 내가 벌하지 않았더라면 누가 그를 벌했을까요? 난 잘못한 게 하나도 없지 않나요?"

그녀의 눈에는 열심히 문질렀으나 불을 일으키지 못한 부싯돌에서 피어나는 회색 연기 같은 기운이 서려 있었다. 그녀는 자기 속에 일어나는 감정의 기폭이 너무 커서 어지러운지 손으로 이마를 짚고 때때로 말을 멈추곤 했다.

　며칠 후였다. 여자는 빗질도 안 했는지 헝클어진 머리를 하고 인사말도 없이 맞은편에 앉더니 다짜고짜 엉뚱한 말로 대화를 시작했다.

　"까마귀 말이에요."

　까마귀? 갑자기 웬 까마귀? 하긴 여기 교도소 운동장에서 가장 많이 볼 수 있는 새가 까마귀이니까 그리 이상한 일이 아닐 수도 있다. 하지만 그녀의 입에서 까마귀라는 단어가 튀어나오니 어쩐지 섬뜩하다는 느낌이 들었다. 나는 조심스레 그녀의 말에 반응했다.

　"까마귀라고 하셨어요?"

　"네. 노아의 방주 이야기에 나오는 까마귀요."

　성경에 나오는 새 이야기를 하려는 건가?

　미국에 온 지 얼마 안 되어 나는 남편과 함께 몇 번 교회에 나갔다. 믿음으로 예배를 드리고자 함은 아니었다. 한국 사람을 만나고 이민 생활에 도움이 될 만한 정보를 얻기 위해서였다. 교회에 나간 첫날, 목사는 예배 시간에 노아의 방주 이야기를 했다. 폭우로 온통 물바다가 된 세상에서 물이 어느 정도 말랐는지 알아보기 위해 노아는 방주에서 까마귀를 내보냈다. 하지만 까마귀는 다시 돌아오지 않았고 나중에 내보낸 비둘기는 올리브 잎

사귀를 물고 돌아왔다고 했다. 목사는 방주 밖으로 나간 까마귀는 자유를 맛보자 그만 주인이 명령한 것을 잊어버렸다면서 까마귀를 죄악시했다. 그때 나는 너무 일찍 내보내어진 까마귀가 안 돌아온 것이 아니라 못 돌아온 것은 아닌가, 그런 생각을 했다. 노아의 명령을 잊어버렸기 때문이 아니라, 뭍을 찾아 한없이 날아가다가 너무 먼 곳까지 가버려 돌아오는 길을 잃어버린 것은 아니었을까, 그런 생각이 자꾸 들었다. 어쨌거나 여자는 지금 성경에 나오는 그 까마귀를 말하고 있음이 분명했다.

"까마귀는 얼마나 무서웠을까요? 세상이 여전히 흙탕물로 가득한 데, 넘실거리는 파도 위에서 얼마나 무서웠을까요?"

나는 여자가 까마귀에 대해 나와 같은 생각을 했다는 것이 반가우면서도 그녀의 눈빛에서 뿜어져 나오는 기운 때문에 슬그머니 염려가 일었다. 그 눈에는 자기 생각에 지나치게 몰입한 나머지 다른 아무것도 침입할 수 없도록 문을 걸어 잠가둔 광에 고인 어둠 같은 것이 서려 있었다.

"쉴 곳도 없는 공중에서 그 많은 물이 빠지기를 지켜보기 위해 새는 얼마나 힘든 날갯짓을 하고 있었을까요? 자신의 힘으로는 물을 감하는 데 일조하지 못한다는 것을 알면서도 왜 그 작은 날개로 쉬지 않고 부채질을 하고 있었을까요? 혹 자기가 해결할 수 없는 걸 뻔히 알면서도 그 자리에 그대로 있었다는 건, 고통의 현장에서 도망치지 않고 그것과 직면해보려던 건 아니었을까요? 방향을 잃은 날갯짓. 얼마나 외로웠을까요?"

문득 여자의 가슴팍에 달린 아이디의 바코드가 눈에 들어왔다. 촘촘하고도 슬픈 줄들이 까마귀의 날개 끝까지 뻗은 가는 뼈처럼 보였다.

"그때 그 현장을 보지만 않았더라도 총을 쏘지는 않았을 텐데. 왜 난 그 집까지 찾아가서 그런 일을 저질렀던 걸까요?"

여자가 후회하고 있다는 생각이 들었다. 또 이런 말도 했다.

"두려워요."

"뭐가요?"

"여기서 나가는 게 두려워요. 차라리 여기서 계속 살았으면 좋겠어요."

그녀는 두 손으로 얼굴을 감쌌다. 소매 끝에 희고 가느다란 팔이 드러났다. 부드럽고 슬픈 후회가 소매 끝에서 고개를 내밀고 있었다.

그녀가 복도 저편을 향해 걸어가고 있을 때 한 마리 부상당한 새가 휘청거리며 끌려가는 듯한 느낌이 들었다. 빗물의 흔적이 여자의 뒤를 길게 따르고 있었다.

다음 날도 비가 그치지 않고 내렸다. 여자의 눈이 퀭해 보였다. 여전히 잠을 이루지 못한 게 분명했다. 여자는 내 쪽으로 다가와 앉더니 인사말도 건네지 않은 채 느닷없이 이렇게 말을 시작했다.

"돌아오고 있어요."

나는 고개를 갸웃거렸다.

"부리에 뭔가를 물고요."

그제야 여자가 전날 얘기하던 까마귀 이야기를 계속하고 있다는 걸 깨달았다. 그런데 이상했다. 성경에 의하면 까마귀는 돌아오지 않았다. 뒤늦게 보낸 비둘기만 돌아왔을 뿐인데…….

"자기도 배가 많이 고팠을 텐데 까마귀는 어디서 먹을 걸 찾아 선지자에게 갖다 줄 수 있었을까요?"

이건 또 무슨 말이지?

"검은 시간의 통로를 지나는 건 정말 힘든 일이었을 거예요."

감이 잡혔다. 여자의 상상력은 노아의 방주 시대에서 이세벨의 복수를 피해 그릿 시냇가에서 홀로 숨어 지내는 선지자 이사야의 시간대로 넘어가고 있는 것이다. 여자가 말했다.

"혹 그가 선지자에게 물어다 준 건 자기 살점은 아니었을까요?"

자기 살점? 나는 여자의 얼굴을 똑바로 보았다. 아주 짧은 순간이었지만 여자의 눈에서 번쩍, 광채가 이는 것 같았다. 여자가 갑자기 코를 킁킁거리기 시작했다.

"무슨 냄새가 나지 않아요?"

"무슨 냄새요?"

내가 물었다.

"살 타는 냄새요. 살이 타는 냄새가 분명해요."

살이 타는 냄새? 그날의 메뉴는 채식 위주였기에 육류가 타는 냄새는 식당 어디에서도 나지 않았다. 이건 무슨 소린가? 여자는 냄새의 출처를 찾고 싶은지 후각이 발달된 개처럼 콧소리를 내면서 고개를 이리저리 돌렸다. 그러더니 자신의 소매 끝에서 그 냄새의 근원지를 발견한 듯 얼굴을 찡그리며 이렇게 중얼거렸다.

"이렇게 비 오는 날이면 왜 이리 살 타는 냄새가 나는지……."

살 타는 냄새……. 정확히 무슨 말인지 이해할 수 없지만 여운이 길게 남는 말이었다. 그 후 여자는 나타나지 않았다.

출감을 하루 앞둔 날, 나는 초조해지기 시작했다. 그녀의 건강이 걱정도 되었고 작별인사를 못하고 떠나는 게 못내 아쉽기도 했다. 혹시나 그녀가 늦게라도 나타나지 않을까 하여 북향 건물과 연결된 통로를 보았지만 나타나지 않았다. 점심시간이 거의 끝날 즈음 그녀를 데리고 오던 간수가 혼자서 나타나 내게 다가왔다.

"요즘 와서 뭔가 기억의 혼동이 온 것 같아요. 증세가 심해져서 정신병원으로 아예 옮기게 됐어요. 출소하려면 얼마 안 남았는데 안타까운 일이에요. 처음 두 분 만났을 땐 상태가 아주 좋았는데……. 남편 소식 들은 후로 상태가 급속히 나빠졌어요."

마음이 아팠다. 간수가 살짝 미소를 지으며 나를 보았다.

"그 와중에도 여기서 나가게 된 걸 축하한다고 꼭 전해달랬어요."

반가웠다. 이런 말을 한 걸 보니 어쩐지 그녀가 정상으로 돌아오는 데 시일이 많이 걸리지 않을 거라는 예감이 들었다.

출소 후 집에 돌아오자 한국에서 이모로부터 전화가 걸려왔다. 엄마의 죽음과 장례식을 알리는 전화였다. 암 말기 판정을 받고 수술받던 중 수술대 위에서 돌아가셨다고 했다. 갑자기 내 앞에 있던 버팀목이 푹, 맥없이 사라져버린 것 같았다.

내가 서울 변두리의 조그만 장례식장에 도착하고 얼마 안 있어 삼베로 둘러싸인 엄마의 시신은 불 속으로 들어갔다. 불 속에서 나온 엄마는 조그만 돌 상자 속에 들어갈 만큼의 재로 변해 있었다. 장례를 마친 후 이모가 내게 수표 한 장을 내밀었다. 액수를 유심히 들여다보았다. 삼천팔백만 원. 미국 돈으로 약 삼만 오천 달러에 해당되는 것이었다. 엄마의 유산치고는 무척 큰 액수였다.

"네 엄마 전세금 뺀 돈이다. 큰돈은 아니지만 네 살림에 보태라. 수술실에 들어가기 전 내게 부탁하더라. 장례는 최소한 검소하게 하고 전세금을 고스란히 너한테 전해달라고 하더구나. 수술하기 전에 자신이 죽을 줄 안 모양이야."

미국으로 돌아온 다음 날 아침이었다. 유리창 가까이에 있는
소파에 앉아 〈선 타임〉을 활짝 펼쳐 들었다. 병원에서 배웠다. 감
시 카메라로부터 손쉽게 나를 보호할 수 있는 도구가 바로 접었
다 폈다 할 수 있는 잡지나 신문이라는 것을. 남편의 눈길을 피하
기 위해 신문을 펴 든 것이었는데 문득 매매란이 눈에 들어왔다.

'드림 도넛' 단돈 삼만 오천 달러에 양도.

엄마가 내게 물려준 유산과 꼭 같은 액수였다.

"이 가게를 사겠어요."

남편은 느닷없이 던진 말에 놀란 눈을 하였으나 끝내 날 말리
진 못했다.

창밖에는 장대비가 계속 쏟아지고 있다. 딴 때 같으면 쿵쾅쿵
쾅 하고 파장 직전 손님을 끌기 위해 가게마다 음악을 있는 대로
틀어놓을 시간인데 핫도그 가게나 청바지 가게는 물론 바로 옆
의 오디오 가게에서조차 소리가 들리지 않는다. 비가 억수같이
쏟아지니 장사는 그른 모양이라고 일찌감치 마감을 하고 떠났기
때문일까?

빗소리가 점점 거세어진다. 문득 삼각형의 거리 꼭짓점 표지
판 위에 하늘을 향해 고개를 쳐들고 있는 까마귀 한 마리가 눈에
들어온다. 자기 몸을 피뢰침으로 삼은 새. 번갯불이 하늘 꼭대기

에서 지상으로 제트z 자를 그리며 거칠게 내려온다. 새는 겁도 없이 검은 성례복 날개를 활짝 편다. 위험한 전류를 모두 자기 날개에 싣고 어디로 가려는 걸까? 알 수 없다.

"따르릉······."

전화벨이 울린다.

누굴까?

남편이다. 처음 가게로 전화를 했을 때 장사에 방해되니 전화 하지 말라고 주의를 준 후 남편은 꼭 필요한 경우가 아니면 전화 를 하지 않았는데.

"왜 전화했어요?"

"아, 아니, 꼭 무슨 일이 있어서가 아니고······. 오늘 좀 일찍 집에 오면 안 되나 해서······."

목소리가 여느 때와는 달리 조금 들떠 있다.

"내일이 웰페어 나오는 날이라 준비할 것이 많아요. 곧 단골손 님들도 올 거고요."

사실이었다. 복지금 나오는 날에는 매상이 평일의 두세 배로 오르기 때문에 일거리도 그만큼 많아진다. 그리고 앉자마자 포 커 판을 벌이는 예닐곱 명의 단골손님이 올 시간이기도 하다.

"그래? 그렇구나. 그래도 폭풍주의보가 내렸다니까······."

남편은 할 말을 다 못한 사람처럼 말끝을 흐리며 전화를 끊는다.

별 일이야. 웬일로 전화는. 비가 유난히 많이 쏟아지긴 하지만 폭풍주의보가 처음 내린 것도 아닌데.

피식 쓴웃음이 흐른다. 요즘 들어 남편이 부쩍 상냥해졌다. 술도 마시지 않는다. 하지만 속지 않는다. 지금이라도 크리스틴을 때린 사람이 내가 아니라 바로 이 남자라고, 불어버릴까 봐 겁이 나서 그러는 거다.

전화 소리가 공간을 흔든 후라 그런지 가게 안은 더욱 고요하게 느껴진다. 그러고 보니, 올 시간이 훨씬 넘었는데도 단골 포커팀이 오질 않는다. 왜 이들조차 나타나질 않는 걸까? 폭풍주의보를 듣고 아예 집 안에 틀어박혀 있는 걸까? 혹, 마약 단속에 떼거리로 붙잡혀 들어간 건 아닐까? 알 수 없다. 손님이 더 안 올 것 같아 남은 도넛들을 상자에 넣기 시작한다. 비바람은 더욱 사납게 불어댄다. 아, 이 장대비는 언제나 그칠 것인가. 가게는 이제 노아의 방주처럼 물에 떠 있다는 느낌마저 든다. 시퍼런 물 위에 홀로 떠돌고 있는 방주. 오소소 살갗에 소름이 돋기 시작한다.

라디오를 켜본다. 열 시 뉴스가 시작되는가 했더니 갑자기 툭 하고 소리가 멈춘다. 정전인가 보다. 온 세상이 캄캄해진다. 서랍 속에 넣어두었던 비상용 전등을 찾으려고 더듬더듬 서랍을 뒤지는데 덜컹하고 입구 쪽에서 큰 소리가 난다. 거센 바람이 씨잉 하고 들어온다.

삽시간의 일이다. 누군가 우악스런 손으로 내 입을 틀어막는다. 읍! 읍! 비명은 놈의 손에 눌려 나오지 못하고 있다. 사내가 나를 바닥에 쓰러뜨린다. 씨익씨익, 짐승의 거친 숨소리가 얼굴에 닿는다. 밤하늘을 가르는 번개가 간질을 앓는 것처럼 흰자위를 희번덕거리며 유리창에 닿았다가 빠른 속도로 미끄러진다. 순간, 가게 안에 있는 모든 것이 섬광이 터질 때처럼 창백하게 모습을 드러낸다. 내 몸에 올라탄 검은 가죽 잠바의 사내. 선반 옆에서 검은 복면을 하고 현금통을 터는 또 다른 사내. 이들은 언제부터 나를 엿보고 있었던 것일까?

현금통 사내가 소리를 질렀다.

"야, 뭐해? 빨리 토껴야지."

나를 덮치고 있던 가죽 잠바가 지독한 허스키로 대꾸를 한다.

"잠깐만! 잠깐이면 된다고!"

입 안에서 뿜어져 나온 더운 입김이 내 뺨에 닿는데 숨을 곳이 없다. 몸을 비틀어도 소용이 없다. 짐승만도 못한 새끼들. 이놈을 죽일 수 있다면 내가 죽어도 좋다. 그런데 이놈을 찌를 칼이나 포크는 너무 멀리 놓여 있다. 그런 생각이 스칠 때였다. 문득 자동차 헤드라이트 불빛이 사방을 가득 채운다. 그리고 낯익은 목소리가 들린다.

"야! 이 새끼들! 그만두지 못해!"

분명 남편의 목소리다. 허스키가 내 몸에서 떨어져나간다. 선반 쪽에선 현금통이 우당탕 바닥에 떨어지는 소리가 난다. 이어

쟁반이며 집게며 사기잔과 접시들이 부딪치고 깨지는 소리가 들린다.

"마더 픽!"

"개새끼들!"

남편과 놈들이 싸우는 소리가 한데 섞여 들려온다. 쨍그랑, 유리벽이 깨지는 소리, 사람이 쓰러지는 소리, 이어 남편의 신음이 들린다.

갑자기 파앗, 하고 구원처럼 전깃불이 들어온다. 토껴! 두 마리의 짐승이 소리를 지르며 내뺀다. 창밖으로 그들을 태운 구식 캐딜락 한 대가 끼익 요란스레 거리를 성급히 빠져나가는 모습이 보인다.

넘어진 탁자 밑에서 남편이 기어 나오다 다시 쓰러진다. 나는 간신히 몸을 일으켜 전화를 건다.

"911이죠? 드림타워 앞 드림 도넛 가게예요. 사람이 다쳤어요. 빨리 앰뷸런스 좀 보내줘요."

출입문 쪽 유리벽은 뻥 뚫려 있고 바닥에는 온통 깨진 유리조각 천지다. 푸르른 투명함, 군데군데 붉은 핏방울.

남편을 일으켜 세우려 해보지만 힘에 부친다. 그냥 바닥에 눕힌 채로 냅킨으로 그의 입가에 묻은 핏물을 닦아내기 시작한다.

"걱정하지 마. 곧 앰뷸런스가 오겠지."

그렇게 말하는 남편의 얼굴에 뜻밖의 미소가 어려 있다.

"실은 이 주 전에 영주권이 나왔어. 그래서 평소에 들어가고 싶어 하던 아르곤 연구소에 연구원 신청을 냈는데 오늘 연락이 왔어. 다음 주부터 나와서 일하래. 졸업 논문도 연구소 정기간행물 잡지에 내주겠대. 크리스틴도 다음 학기 장학금을 신청했는데 받을 가능성이 높은 것 같다고 연락이 왔어. 좋은 일이 많이 생겨서 당신 앞에 잘나가는 모습 보여주고 싶어서 일찍 만나려했는데 기다릴 수가 없어서 달려온 거야. 그동안 나 너무 비겁했지? 용서해줘. 너무 부끄러워서 그런 행동이 나온 것 같아. 앞으론 그런 일 없을 거야."

간신히 말을 마친 남편이 부상당한 새끼 짐승처럼 흐느끼기 시작한다. 파도 속에서 나를 구하려고 물속으로 뛰어들었을 때의 떨림이 느껴진다. 멀리서 검은 새 한 마리 무언가를 물고 날아가는 것이 보인다. 찢어진 날개를 위아래로 저으며 안간힘으로 날아가고 있다. 표지판 없는 바다를 넘어 시퍼런 물 위에 비친 고독을 지나, 피가 흐르는 살점 하나를 물고 험한 파도를 제치고 힘겹게 힘겹게 시간이 흐르지 않는 그 어디론가 날아가고 있다.

드림타워 건물에 하나둘 불이 켜진다. 꼭대기 전광판에도 전기가 들어와 네온 글자들이 빛나기 시작한다. 미국의 꿈은 단지 꿈에 지나지 않는 게 아닙니다. 우리의 삶이 바로 그 꿈입니다……. 빗물과 어우러지면서 전광판의 글자는 붉은 눈물을 흘리기 시작한다. 환해서 낯선 불빛들. 앰뷸런스 소리가 점점 가까워진다.

하윤

몸이 왜 이렇게 떨리는지 모르겠다. 수술실 입구에는 '수술중' 이라는 네온사인이 붉은 야광 벌레처럼 불길하게 빛나고 있다. 불과 몇 시간 전만 해도 웬만한 무거운 것도 두 손으로 번쩍 들던 산체스가 이토록 맥없이 수술대에 누워 있다니⋯⋯. 거리로 넘쳐난 빗물을 퍼내는 야간작업을 하면서도, 특별 수당이 생겼으니 이번 겨울에는 멕시코로 휴가를 떠날 수 있다며 즐겁게 휘파람을 불며 집을 나섰던 산체스였는데⋯⋯.

문득 대기실 구석에서 히터가 쉬익쉬익 큰 소리를 내기 시작했다. 형체를 드러내지 않고 몰래 숨어 남을 엿보는 짐승의 숨소리 같기도 했다. 이것을 계기로 공기청정기와 필라멘트로 빛을 흘려 보내는 전등, 평소에는 아무 소리도 나지 않는다고 생각했던 조용한 것들이 우우우, 즈즈즈, 시끄러운 소리를 냈다. 그동안 얼마나 우리 삶 깊숙이 관여하고 있었는지 알려주기 위해 소동이라도 벌이는 것처럼.

리모컨 버튼을 눌렀다. 천장 가까이 달려 있는 텔레비전 화면은 주파수가 잘 안 맞는지 바늘을 부수어놓은 것 같은 자잘한 직선의 무늬를 그리며 프라이팬에 전 부치는 소리를 냈다. 잠시 후 파란 눈의 백인 여자 아나운서가 나왔다. 밤 열한 시 뉴스에서는 산체스가 당한 사고를 제법 상세히 보도하고 있었다.

"오늘 오후 아홉 시경, 구십사 번 하이웨이 튜이 길 출구 가까이에서 생긴 사고로 피해자는 중상을 입고 병원 응급실로 옮겨졌습니다. 이 사고는 산체스 마카오 씨의 차를 따라가던 승용차가 갑자기 속력을 내어 차 옆구리를 서너 번 들이받으면서 생긴 것으로 추정됩니다. 경찰은 마카오 씨의 차 옆구리가 여러 번에 걸쳐 받힌 점과 가해 차량이 사고 직후 뺑소니를 친 점으로 미루어 이번 사고가 고의적 살인 시도가 아니었나, 의심하고 있습니다. 경찰은 이 사건을 다각적으로 조사 중에 있습니다만 범인은 아직 체포되지 않은 상태입니다. 현재 구십사 번 하이웨이에서 튜이 길로 빠지는 곳은 사고현장을 보존하기 위해 일시적으로 봉쇄되었으니……."

여자 아나운서의 얼굴은 바늘비 속으로 다시 사라져버렸다.

"실례합니다."

소리 나는 쪽을 돌아보니 경찰복을 입은 거구의 백인 남자가 입구에 서 있었다. 머리카락과 어깨가 비에 젖었고 허리춤에 권총을 차고 있었다.

"상심이 크시겠지만 몇 가지 질문에 아시는 대로 대답해주시기 바랍니다."

경찰이 먼저 말을 꺼냈다.

"혹 고의적으로 일으킨 사건이 아닌가 해서요."

"아, 네⋯⋯."

"남편께서 주위에 원한을 살 만한 친구나 이웃이 없었는지 생각나는 대로 자세히 알려주시기 바랍니다."

경찰은 산체스의 직장 생활과 그의 친구들에 대해 몇 가지 질문을 했다. 대답해줄 수 있는 것은 거의 없었다. 산체스의 친구들을 집에 초대해본 적이 없었고 그들이 우리를 초대하는 날에도 산체스만 갔지 내가 동행한 적은 거의 없었다. 그에게 가까운 친척이 있는지도, 몇 달 전 옮긴 직장의 이름이 무엇인지도 몰랐다. 직장이 우리 집에서 삼십 분 떨어져 있는 곳에 있다는 것만 알 뿐 정확히 어디에 있는지조차 몰랐다. 산체스와 그래도 부부로 십 년 가까이 살았는데 그에 대해 이토록 아는 것이 없다니. 나는 그에게 무엇이었고 그는 나에게 무엇이었던가. 부부? 그냥 같이 한 공간에서 먹고 자는 남녀가 부부라면 그와 나는 분명 부부다.

"뺑소니 사고임에는 틀림없지만 좀 이상한 점이 있어서요. 목격자 증언이 있었어요."

"목격자 증언요?"

"사건 현장을 목격한 사람이 경찰서로 제보 전화를 해왔습니다. 혹시 주위에 까만색 셰비 차를 타는 사람은 없나요? 폭우 때문에 운전자의 인상착의는 정확하진 않지만 멕시코 청년인 것처럼 보였다고 하더군요. 그러니까 멕시코 청년 중에 까만색……."

"없는데요."

나는 단호한 말투로 경찰의 말을 잘랐다. 이마에 송글 진땀이 배어나기 시작했다.

까만색 셰비…… 까만색 셰비…… 미국에서 가장 흔한 차가 까만색 셰비가 아닌가. 몇 천 대, 아니 몇 만 대, 몇 십만 대가 넘을지도 모른다. 그리고 멕시코 청년. 이 나라, 아니 이 동네만 하더라도 이십 대 멕시코 청년이 얼마나 많은가…….

며칠 전 마크의 친구라면서 우리 집에 들른 멕시코 청년. 얼굴에 칼자국이 나 있고 근육이 두드러진 팔에 문신을 새긴 친구가 까만 셰비를 타고 왔다가 마크를 데리고 나간 적이 있었다. 퇴근길에 주차장에서 그와 마크가 같이 차를 타는 걸 우연히 보게 된 산체스는 평소와는 달리 눈살을 찌푸리며 입을 열었다.

"걘 누구야?"

"몰라. 요즘 사귄 친구 같아."

"꼭 무슨 일을 저지를 것 같은 놈이야."

"당신이 어떻게 알아?"

"멕시코 애니까."

하긴, 그건 한국 사람도 마찬가지다. 한국 사람끼리는 한눈에 서로가 어떤 사람인지 짐작할 수 있다.

"그놈 눈빛에 살기가 있었어. 욕심을 채우기 위해선 어떤 짓이라도 할 놈이지. 기회 봐서 마크에게 얘기해줘. 깊게 사귀진 말라고 해."

"내가 놀지 말란다고 안 노나, 뭐? 저가 정신을 차려야지. 요즘 내 말 안 들어."

말은 그렇게 하면서도 좀체 마크의 친구들에 대해선 이러쿵저러쿵 평을 하지 않던 산체스의 말이라 새겨듣긴 했다. 언제 기회가 되면 넌지시 얘길 해줘야지, 생각했는데 실제로 마크에게 한번도 말하진 못했다.

전에는 마크에게 한국 친구가 있었다. 열 살 때 한국에서 이민을 와 영어가 서툴렀던 제이슨이라는 아이가 미국에서 태어난 마크에게 숙제 도움을 받곤 했다. 하지만 제이슨의 아버지가 주식투자에 성공하고 비싼 과외 공부를 다닌 후부터 마크는 제이슨과 부쩍 멀어졌다. 제이슨과 만나지 않는 마크의 마음이 이해가 되었다. 그 후 마크는 주로 멕시코 아이들과 다녔다. 그중에는 행동이나 말투가 거친 애들이 있어서 어울려 다니는 모습이 그리 좋아 보이진 않았지만 그렇다고 말릴 생각도 하지 않았다.

경찰이 다시 입을 열었다.

"너무 자세히 질문한다고 기분 상하셨다면 용서하시기 바랍니다. 사실, 좀 더 자세히 조사해 달라는 보험회사의 요청이 있었습니다."

"보험회사요?"

"혹시 모르셨나요? 오늘이 백만 달러를 타는 생명보험 약정 기간 마지막 날인데……."

가슴의 쿵쾅거리는 소리가 바깥으로 새어나는 듯하였다.

"몰랐어요."

정말 몰랐다. 아니, 정확하게 말하자면 까맣게 잊어버리고 있었다.

경찰은 윗도리 안주머니에서 수첩을 꺼내 무언가를 기록하기 시작했다. 나는 눈을 잠시 감았다 떴다. 경찰은 기록을 마쳤는지 수첩을 다시 집어넣었다.

"물론 부인께 혐의가 있는 건 절대 아닙니다. 사고 시각에 집에 계셨더군요."

"어떻게 아셨나요?"

"그 시각, 아드님과 전화 통화를 하셨더군요. 보험회사에서 형사 사건 쪽으로도 알아봐달라고 해서 통화 내역을 조사해봤습니다. 아드님은 바텐더로 일하는 식당에서 막 퇴근을 하면서 전화를 했고요."

"아, 네⋯⋯."

"아드님은 차가 없다는 게 확실한가요?"

나도 모르게 음성이 높아졌다.

"아, 아, 그렇죠. 아직 못 샀어요. 직장에 갈 때도 모터사이클을 타고 다니지요."

그래. 마크에겐 아직 차를 못 샀지. 중고차라도 사달라고 그렇게 졸랐는데 월부금이 부담스러워 기껏 사준 게 제법 속도를 낼 수 있는 모터사이클이었다.

경찰은 잠시 고개를 떨어뜨리고 생각을 정리하는 듯 턱을 문지르기 시작했다. 내가 물었다.

"질문이 더 남았나요?"

"아, 아닙니다."

경찰의 주머니에서 부르릉, 전화 진동 소리가 났다. 경찰은 문자메시지를 들여다보았다.

"아드님도 곧 도착할 겁니다. 아드님은 다른 사람이 조사하고 있었는데 그쪽에서도 조사가 끝났다고 연락이 왔군요."

"아, 그렇군요."

아들의 얼굴을 보고 싶었다. 빨리 내 곁으로 왔으면 좋겠다는 생각이 들었다.

생명보험을 든 것은 오 년 전이었다. 혼자 나가서 살던 마크도 오랜만에 집에 와서 산체스가 고기 굽는 걸 돕고 있었다. 마크가 오븐 조리 시간을 너무 길게 설정해놓는 바람에 고기에 불이 붙고 화재경보기가 울렸다. 바로 그때 보험회사 직원이 들어왔다.

산체스는 의자 위로 올라가 팔을 길게 뻗어 부엌 천장 한복판에 달린 화재경보기를 뗐다. 경보기는 아쉬운 듯 삑삑 두어 번 소리를 내고는 잠잠해졌다. 활짝 열어둔 창문으로 신선한 바람이 들어오고 고기 탄 냄새가 빠지기 시작했다.

"당신도 이리 와 사인하지?"

산체스는 내게 펜을 내밀었다.

"사람 일은 알 수 없잖아. 내가 죽거나 당신이 죽으면 각각 십만 달러씩 나와. 지난번 친구 장례식엘 갔는데, 갑자기 남편이 떠나니 장례식 치를 비용이 없어서 그 부인이 쩔쩔매고 있더라고. 그래서 결정한 거야. 혹시 내가 어떻게 되면……."

내가 그의 어깨를 툭 치며 인상을 썼다.

"농담이라도 그런 말은 하지 마. 듣기 싫어."

"알았어. 농담 안 할게."

그는 두 손을 비비는 시늉을 하며 웃었다.

보험회사 직원이 내가 사인할 부분을 가리켰다.

"지금 특별 프로모션 기간이라 오 년 내로 두 분 중 한 분이 돌아가시면 배우자 위로금이라는 특별 보험금, 백만 달러를 받게 됩니다."

감정이 전혀 들어 있지 않은 사무적인 말투였다.

"백만 달러요?"

나는 장난스레 웃으며 산체스를 보았다. 그도 따라 웃으며 설명했다.

"신규 가입자에게 주는 특별 혜택이래. 확률이 낮으니까 회사에서도 손해 볼 건 없고 가입자들 기분 좋게 해주자는 거겠지."

그는 어깨를 으쓱했다.

직원은 서류를 챙겨 가방에 넣고 그에게 먼저, 그리고 내게도 악수를 건네고는 문을 나섰다. 그때 등 뒤에서 쿵 소리가 났다. 마크가 오븐에 들어 있던, 숯이 된 고기를 쓰레기통에 넣고 있었다.

초록색 가운을 입은 의사가 수술실 문을 열고 나오는 것이 보였다. 나는 대기실에서 나와 그에게로 걸음을 옮겼다. 진땀이 나기 시작했다. 의사는 안경을 벗으며 피곤한 듯 입을 열었다.

"최선을 다했습니다만 회복은 불가능할 것 같습니다. 사실 그렇게 많이 다치고도 아직까지 숨을 쉰다는 게 기적에 가깝습니다. 재수술을 하면 성공 가능성은 5퍼센트 정도인데, 설사 성공한다 하더라도 중증 장애인이 될 겁니다. 산소호흡기를 떼면 지금이라도 당장 생명을 잃게 될 텐데 어떡하시겠어요? 부인이 원하시면 언제든 산소호흡기를 제거할 수 있습니다."

아무 생각이 안 났다. 나는 대기실로 돌아와 의자에 앉았다. 간호사가 서류 한 장을 내밀었다. 산체스의 보호자로서 그의 재수술에 동의하느냐 마느냐, 의사를 표시하는 서류였다. 재수술을 안 한다면 산소호흡기를 언제 뗄 것인지, 정확하게 시, 분까지 자세히 기록하게 되어 있었다.

나는 재수술 동의란에 동그라미 표시를 하였다. 5퍼센트, 아니 1퍼센트의 확률이라 해도 그를 죽게 내버려둘 수는 없다. 0.1퍼센트의 성공 가능성만 있어도 포기할 수 없다. 그래, 포기할 수 없어…… 한숨이 흘러나왔다.

산체스는 나의 두 번째 남자였다. 첫 번째 남자는 시카고 대학에서 경영학을 전공하던 유학생이었다. 그를 만난 곳은 내가 종업원으로 일하고 있던 한국 식당, '고향집'이었다. 그는 식당의 단골손님이었다. 자기 이름이 장우현이라고 소개한 그가 내 마음을 사로잡는 데는 시간이 얼마 걸리지 않았다. 과부였던 엄마는 어찌어찌 친척의 도움으로 나를 데리고 시카고로 오게 되었고 내내 불법체류자로 살았다. 식당 일이며 청소 일이며 닥치는 대로 궂은 일을 하면서 살던 엄마는 과로로 병을 얻어 돌아가셨다. 열다섯 살에 고아가 되어버린 나는 외로움에 지칠 대로 지쳐 있었다.

우현은 어느 날 내게 얇은 금반지를 내밀었다. 반지를 받는 대신 나는 그동안 열심히 부어온 적금 통장을 그에게 내밀었다. 우현과 살림을 차린 후로 몸은 더 피곤해졌다. 학비를 충당하고 가정을 꾸리는 일은 모두 내 몫이었다. 통장에 넣어둔 돈은 일 년도 못 버티고 바닥이 났다. 그 후 일 년에 칠만 달러나 되는 우현의 학비를 벌기 위해서 얼마나 많은 일을 해야 했던가. 동거 전에는 그냥 '고향집'에서만 일해도 되었는데 동거 후에는 새벽부터 문을 여는 도넛 가게에서 아침 당번을 하고 그 후 식당으로 갔다가 밤에는 24시간 문을 여는 편의점에서 일했다. 파김치가 되어 집에 들어가면 빨래나 설거지 거리가 잔뜩 쌓여 있었다. 하지만 불평하지 않았다. 그땐 꿈이 있었다. 머지않아 그의 아내가 된다는.

그렇게 삼 년 반이 지났다. 어느 날 우현은 내게 이상한 말을 던졌다.

"당신, 몽유병 환자인 줄 몰랐어."

"몽유병 환자? 몽유병?"

나는 웃었다. 그러다 금세 웃음을 멈추었다. 그의 얼굴이 딱딱하게 굳어 있었기 때문이었다.

"당신 어젯밤 무슨 일 했는지 기억 안 나?"

나는 공격을 당한 어린 짐승처럼 발끝이 절로 오므라졌다.

"부엌에서 무슨 소리가 나서 가봤더니 빈 도마에 헛 칼질을 하더라고. 도마 위에는 아무것도 없었어. 내가 말을 시켜도 눈길한 번 안 주고 칼질만 계속하더군. 한 이십 분, 삼십 분? 그러더니 그냥 침대로 들어가 자더라고."

나는 무슨 말을 해야 좋을지 몰라 초조했다. 만성빈혈 때문에 종종 어지럼증을 느낄 때는 있었지만 내게 그런 병이 있는 줄은 정말 몰랐다.

"당신이 그렇게 무서운 사람인 줄 몰랐어."

우현의 목소리는 그 어느 때보다 차갑게 들렸다.

그 이야기를 들은 다음부터 나는 자기 전에 칼을 손이 잘 닿지 않는 높은 찬장에 올려놓았다. 아침에 일어나면 혹 도마를 꺼내거나 칼질을 한 흔적이 있나 면밀히 살펴보았다. 하지만 특별히 이상한 점은 찾아볼 수 없었다. 칼은 그대로 찬장에 얌전히 놓여 있었다.

나는 가끔 독감에 걸리면 찾아가는 의사에게 전화를 걸었다. 몽유병에 대해 물어보았다. 그가 말했다. 얘기만 들어서는 잘 모르겠지만 전에 한 번도 그런 일이 없었다면 일시적 현상일 겁니다. 식당에서는 너무 졸려서 눈을 감고 칼질을 하셨다면서요? 그러니 실제로 잠을 잘 때도 근육이 같은 동작을 반복할 수 있는 거지요. 계속해서 하루에 열여덟 시간 일하는 건 아무리 젊은 사람이라도 무리예요. 잠을 푹 자면 그 증세가 사라질 겁니다. 너무 걱정 마세요. 의사의 말에 나는 다소 안심이 되었다.

그로부터 몇 주 후였다. 마침 식당이 쉬는 날이어서 낮잠을 자다가 눈을 떠보니 우현이 커다란 가방 두 개를 택시로 운반하고 있었다.

"당신 뭐하는 거야?"

"한국으로 떠나."

그는 당당하게 말했다.

"언제 돌아오는데?"

"안 돌아와."

"무슨 소리야?"

그가 내 얼굴을 똑바로 쳐다보았다.

"어젯밤에도 당신 또 식칼 들고 빈 도마에 칼질을 하더라고. 언제 내 목에 칼을 들이댈지 모른다는 생각이 들었어. 돈 버는 것도 중요하지만 정신과 상담부터 받아보는 게 어때?"

그 말을 한 후, 우현은 떠났다. 미련을 둘 만한 어떠한 말도 남기지 않은 채. 나는 찬장을 열어보았다. 칼은 내가 어젯밤 놓아둔 그대로 거기에 있었다.

그가 떠난 지 한 달쯤 되었을까? 그의 이름이 수신인으로 되어 있는 누런 봉투가 배달되었다. 시카고 대학에서 보내온 것이었다. 봉투를 뜯어보니 박사학위 증서가 들어 있었다. 그때까지 나는 그의 박사 과정이 끝난 것조차 모르고 있었다. 우현의 공부는 늘 끝없이 계속되고 있는 줄로만 알았다. 문득 천장에서 한

가닥 거미줄을 타고 거미가 수직으로 내려오다가 내 숨소리에 위협을 느꼈는지 하강을 멈추었다. 거미는 거미줄에 매달린 채 대롱거렸다. 나는 가까이 놓여 있던 학위 증서로 놈을 힘껏 내리쳤다. 누런 진물이 증서 위에 길게 묻었다. 거미는 박제가 되어 납작하게 눌러 붙어 있었다. 몸서리가 쳐졌다. 증서를 아무렇게나 구겨 쓰레기 봉지에 처넣었다.

그리고 얼마 후 알게 되었다. 내 배 속에 우현의 아기가 자라고 있다는 것을. 그를 찾기 위해 수소문을 해볼까, 고민도 해봤다. 그때 문득 깨달았다. 나와 그를 연결해줄 만한 아무 끈도 없다는 것을. 나는 왜 그의 한국 주소나 그의 가족, 친척, 친구의 전화번호 하나 갖고 있지 않았을까? 아니, 그는 왜 내게 자기 주위 사람을 단 한 명도 소개해주지 않았을까? 지옥 불구덩이 한가운데에 맨발로 서 있는 기분이었다.

산체스를 처음 만난 날은 유난히 해가 눈부시게 빛났다. 하늘에는 구름 한 점 없었다. 내가 좀 더 싼 집을 찾아 멕시코 사람들이 모여 사는 아파트로 이사 오던 날, 햇볕에 잔뜩 그을린 그와 아파트 복도에서 마주쳤다. 나는 배가 많이 불러 있었고 양손에 가득 이삿짐을 들고 있었다. 나의 짐 보따리에 허벅지가 스쳤던 그는 반대편으로 가다 말고 다시 뒤돌아섰다.

"한국 사람이시죠? 이리 주세요. 제가 들어드릴게요."

제법 유창한 한국말이 그의 입에서 나왔다. 그의 어깨는 옷걸이처럼 떡 벌어졌지만 짙은 눈썹 아래에는 물기가 많아 보이는 맑은 눈이 빛나고 있어 첫인상이 나쁘지 않았다.

"한국 가게에서 일하세요?"

한국 가게에서 일하는 멕시코 사람 중에 한국말을 할 줄 아는 사람들이 더러 있다는 사실이 생각났다.

"아뇨. 멕시코 가게에서 일해요. 근데 우리 엄마가 한국 사람이에요."

그러고 보니 입술 선이 전형적인 멕시코 사람과는 달리 가늘어 보이는 것 같기도 했다.

그날 저녁 나는 그를 저녁 식사에 초대했다. 그는 입술에 가득 미소를 머금고 김치찌개와 야채 튀김이 놓인 식탁에 앉았다.

"김치찌개 먹을 줄 알아요?"

"알다마다요. 아주 좋아해요."

그가 막 첫술을 입에 넣으려는 순간, 나는 그만 바닥에 주저앉았다. 진통이 시작된 것이다. 그는 숟가락을 한 손에 든 채 어쩔 줄 몰라 하며 나를 일으켜 세웠다.

"어느 병원이에요? 제가 데려다줄게요."

아파트에서 출발한 지 얼마 안 되어 차 뒷좌석에서 양수가 터지고 말았다. 그리고 병원 침대에 눕자마자 아기가 나왔다.

아기의 첫 울음소리가 들릴 때 백인 간호사가 말했다.

"아들입니다. 안아보세요."

간호사는 내가 얼마나 기운이 없는지도 모른 채 내게 아기를 안기려 했다. 나는 아기를 떨어뜨릴까 봐 손을 내저었다.

"나, 나중에……."

간호사는 초록색 위생 가운을 입고 옆에 서 있는 남자에게 아기를 건네주었다. 산체스였다.

"아직 안 갔어요?"

"보호자가 필요하다고 해서요."

그는 겸연쩍다는 듯이 웃으며 팔에 안겨 있던 아기의 얼굴을 내 쪽으로 돌려주었다. 한쪽 눈에는 쌍꺼풀이 있고 다른 한쪽 눈은 길쭉하고 가늘었다. 아기의 눈이 우현처럼 짝짝이인 것 같아 가슴이 덜컹 내려앉았다.

간호사가 출생신고서 서류를 내밀었다. 이름 칸이 비어 있었다. 나는 잠시 망설이다가 거기에 마크라고 적고 성을 적는 칸에는 내 성을 따서 '안'이라고 기입했다. 마크는 산체스의 세례명이었다.

마크가 유치원을 다닐 때였다. 나는 그날 직장에서 휴가를 받아 마크의 학교 소풍에 따라갔다. 버스는 시카고 다운타운 고층 건물 앞에서 멈추었다. 꼬마들이 삐뚤빼뚤 줄을 지어 걸어갔고 학부형들이 교사의 안내에 따라 서너 명씩 아이들을 인솔하며 가고 있었다.

"스파이더맨이다!"

아이들이 소리치며 고층 건물의 꼭대기를 가리켰다. 높이를 가늠하기 힘들 만큼 높은 건물 꼭대기에서 내려온 그네가 공중에서 흔들리고 있었다. 그네에 어떤 남자가 앉아 있었다. 그는 유리창 외부를 닦는 중이었다.

"엄마, 산체스야!"

마크가 조그맣게 속삭였다. 그의 생일에 마크가 선물한, 라이온 킹이 그려진 초록색 티셔츠. 산체스가 분명했다. 그는 스펀지가 달린 막대기를 움직이며 열심히 유리를 닦고 있었다. 한 층을 다 닦았는지 그네가 출렁하고 한 칸 아래로 내려왔다. 나는 눈이 부셔 눈을 감았다. 감은 눈 속에서도 지나치게 밝은 햇빛은 위협적인 주홍빛으로 빛나고 있었다.

언제부턴가 그는 아파트 문을 잠그지 않았다. 문 근처에만 가도 도미니카 커피의 진한 향기가 났다. 그는 커피를 마시면서 텔레비전 앞에 앉아 있었다. 화면에는 바닷속 물고기들이 서로 물어뜯고 잡아먹는 '야생세계'가 펼쳐지고 있었다.

"위험하지 않아요?"

"뭐가요?"

"유리창 닦는 거. 몰랐어요. 그냥 청소만 하는 줄 알았지."

"아, 그거요. 유리 닦다가 샌드위치도 먹고 페트병에 오줌도 싸고 하는데요, 뭐."

그가 넓적하고 큰 이를 드러내며 웃었다.

"그 높은 데서?"

"높지 않아요."

"높지 않다고요?"

"아래를 안 내려다보거든요. 유리창만 봐요. 안 내려다보면 일 층 유리창이나 백 층 유리창이나 똑같아요. 그거 알아요?"

"……?"

"남아메리카에서 온 사람들 중에서 고층 유리창 닦다가 죽은 사람 거의 없어요."

"왜 그렇죠?"

"여기서 유리창 닦는 사람들은 대부분 밀입국해 들어온 사람들이에요. 죽다 살아난 사람들이지요. 밤에 총소리를 들으며 국경을 넘어본 사람들은 아무리 높은 곳에서 춤을 추라 해도 무섭지 않아요. 뒤에서 총 겨누는 사람이 없잖아요."

나는 고개를 끄덕였다.

"우리 엄마, 어떻게 죽었는지 알아요?"

엄마? 그와 처음 만난 날, 자기 엄마가 한국 여자라고 말한 것이 떠올랐다.

"국경을 넘다가 돌아가셨어요. 그믐밤이었지요. 캄캄한 들판을 기어가는데 뒤에서 총소리가 났어요. 미국 경찰들이 쏘아대는 무차별 사격이었지요. 총소리가 점점 크게 들리더니 바로 근처에서 사람 발소리가 들려왔어요. 들켰구나. 직감적으로 알겠더라고요. 내 옆에서 기어가던 엄마가 갑자기 내 등 위로 올라탔어요. 총알받이가 되기 위해서였지요. 총알이 엄마의 등을 뚫었어요. 난 그 덕에 살아났지요. 엄마가 내 귀에 대고 속삭였어요. 잘살아라. 죽어서도 널 지켜주마. 엄마의 마지막 말이었어요."

텔레비전에서는 작살을 맞은 상어가 깊은 바닷속으로 헤엄쳐 들어가고 있었다. 붉은 바다가 흔들렸다. 어디까지가 상어의 상처에서 나온 붉은 핏물이고, 또 어디서부터 석양빛이 시작되는지 가늠하기 어려워 어지러운 것 같았다.

그가 새로 끓인 커피를 내게 내밀었을 때 나도 모르게 불쑥 이런 말이 튀어나왔다.

"몽유병 앓는 사람 본 적 있어요?"

그는 무슨 소리냐는 듯이 내 쪽을 쳐다보았다.

"마크 아빠가 그랬어요. 내가 몽유병 환자라고. 언제 칼을 들고 자기에게 덤빌지 모른다고 했어요."

그가 내게 다가왔다. 나는 그의 가슴에 얼굴을 묻었다. 그러자 갑자기 잠이 쏟아졌다. 수면제가 거기 묻어 있기라도 한 것처럼. 잠으로 가는 길이 거기서 시작되기라도 한다는 듯이.

마크가 친구네 집에서 자고 온다며 나갔다. 그날 밤, 나는 산체스의 아파트에서 잠을 잤다. 아침에 일어나려 하니 뭔가 팔을 잡아당기는 것이 있었다. 끈이었다. 그의 팔과 내 팔이 끈으로 묶여 있었다. 너무 단단하게 묶여 있어 이빨을 사용하여 매듭을 풀어야 할 정도였다. 쿡, 하고 웃음이 나왔다. 한번 터진 웃음은 멈추지 않았다. 오랜만에 아주 크게 웃었다.

언제부턴가 서로의 팔에 끈을 묶지 않았다. 내가 부엌 정리를 하지 못하고 먼저 잠이 든 다음 날 아침이면 전날 밤 과일을 깎아 먹느라 사용했던 칼이며 포크가 그냥 그대로 테이블 위에 놓여 있었다. 그는 흉기가 될 만한 물건이라 해서 따로 높은 곳에 숨겨두거나 하지 않았다. 그런 그의 모습을 보면서 혹, 우현이 내게 거짓말을 한 것인지도 모른다는 생각이 슬며시 일었다.

마크가 중학생이 되던 해, 나는 그와 결혼했다. 마크도 늘 자기에게 친절한 산체스 아저씨가 아빠가 되었다며 좋아했다. 특별히 결혼식을 올린 건 아니었다. 둘이 함께 시청에 가서 결혼신고 서류를 작성했고 똑같이 생긴 금반지를 교환했다. 그는 내게 목걸이 선물도 해주었다. 목걸이 펜던트에는 레이스 장식이 달린 베일을 머리에 쓴, 성모 마리아를 닮은 여인이 새겨져 있었다.

"과달루페 성모예요."

"과달루페?"

"우리 멕시코 사람들이 존경하는 여신이에요. 성모 마리아와 같은 분이죠. 엄마가 늘 몸에 지니고 있던 목걸이예요."

나는 머리카락을 들어 올렸다. 그가 등 뒤로 와서 목걸이를 걸어주었다.

그날 이후 어지럼증이 사라졌다. 과달루페 성모의 효험인가? 아니면 산체스 옆에서 자기 때문인가? 그의 옆에만 누우면 그가 날 흔들어 깨울 때까지 아침까지 푹 잘 수 있다는 게 신기했다.

산체스의 머리 부분은 온통 붕대로 감겨 있었고 얼굴도 산소 호흡기로 덮여 있었다. 침대 머리맡에 산체스라는 이름표가 없었더라면 거기 누워 있는 사람이 그라는 걸 알아보기 힘들 정도였다.

마크는 무얼 하는 걸까? 취조가 끝났다는데 왜 아직 오질 않는 걸까? 며칠 전 느닷없이 마크가 한 말이 떠올랐다.

"산체스를 사랑해?"

"갑자기 그건 왜 묻는데?"

"물어보면 안 돼?"

"안 될 건 없지. 글쎄……."

나는 잠깐 망설였다. 그리고 미소를 지었다.

"사랑하지 않으면 같이 안 살겠지."

"그래? 의외네."

마크는 무언가 못마땅하다는 듯이 가죽장갑을 낀 두 손을 탁탁 맞부딪히더니 거칠게 문을 닫고 나갔다. 아래층에서 모터사이클 시동 거는 소리가 부르릉 들려왔다. 나는 후욱, 깊은 한숨을 내쉬었다. 나는 정말 남편을 사랑하는가? 내가 그를 사랑하는 게 사실이라면 왜 그가 그렇게 아기를 기다리는데도 몰래 피임약을 먹어왔던가.

　병실이 춥게 느껴졌다. 온도조절기의 눈금 바늘을 조금 올렸다. 바늘은 변화를 감당하는 게 힘들다는 듯 파르르 떨었다. 그는 지금 무슨 꿈을 꾸고 있을까?

　답답했다. 창가로 다가가 커튼을 걷었다. 비가 억수같이 퍼붓고 있었다. 번쩍, 번개가 쳤다. 뿌리가 꺾인 나무가 하늘로 올라가 눈에 불을 켜고 하늘 이편에서 저편까지 달리고 있었다. 하늘이 쪼개지고 있었다.

　커튼을 다시 닫으려는 순간, 갑자기 귀에서 윙 소리가 나더니 천장이 빙글 돌기 시작했다. 바닥이 쑤욱 올라오기도 하고 꺼지기도 하더니 파도처럼 일렁거렸다. 또 빈혈이 시작되는 모양이었다. 그동안 산체스와 같이 살면서 어지럼증이 사라졌었는데…… 거의 기다시피하며 침대 머리맡에 달려 있는 비상벨을 향해 손을 뻗었다. 그 순간, 주위에 있는 모든 것이 뒤로 물러나면서 나 자신조차도 사라지는 것 같았다. 정신을 차려야지. 속으로 주문을 외웠다. 사람들의 발소리가 가까워지는 것이 간신히 느껴졌다. 그들이 방문을 열었을 때 어둠의 실이 잔뜩 헝클어진 채로 머리에 달라붙기 시작했다. 그 후 나는 아무 생각도 할 수 없었다. 칼질을 할 때처럼 손가락만 타닥타닥 무언가를 내리치고 있다는 것이 느껴졌을 뿐이었다.

깨어나니 팔에 링거가 꽂혀 있었다. 마크가 옆에 서 있었다.

"엄마, 이제 깨어난 거야? 바로 오려 했는데 그러질 못했어. 모터사이클이 고장 났나 봐. 엔진에 물이 들어갔는지 시동조차 안 걸렸어. 택시도 안 오겠다고 그러고. 장난이 아니었어. 한 치 앞도 안 보였거든. 그렇게 억수로 퍼붓는 비는 처음 봤어. 그래서 늦었어. 미안해. 산체스 마지막 순간을 못 봤어."

마, 지, 막, 순, 간?

다시 한 번 빙글, 천장이 돌았다.

그가 죽었다. 그는 죽었고 나는 살아 있다.

마크는 커피 한 잔을 내밀었다.

"모닝커피 마셔."

"벌써 아침이야?"

"그럼 아침이지. 시간이 많이 지났어."

마크가 평소와는 달리 친절하게 대답해주었다. 커피는 따스했지만 너무 쓰게 느껴져 마실 수가 없었다.

"커튼 걷어줄까?"

마크가 물었다.

"마음대로 해."

빛이 와르르 쏟아져 들어왔다. 너무 눈부셔서 눈을 뜰 수가 없었다. 벽을 향하여 모로 돌아누웠다.

"엄마. 잘했어. 산체스도 엄마가 잘했다고 할 거야. 자기가 엄마에게 살아서 줄 수 없었던 돈 주고 가신 거라고, 그렇게 생각하면 돼."

"무슨 얘기야?"

나는 몸을 다시 돌려 마크를 보았다. 심장이 마구 두근거렸다. 숨이 가빠졌다.

"엄마, 기억 안 나? 어젯밤 일?"

"아니. 아무것도……."

"새벽녘에 간호사한테 그랬다며? 산체스 산소호흡기 떼어달라고, 보험회사 직원한테도 알려달라고 했다며? 의사한테는 직접 전화까지 했다며? 재수술 안 할 테니 지금 당장 사망신고서 떼달라고. 기억 안 나? 야근하던 간호사 둘 다 같이 들었다고 하던데……."

숨이 콱 막혀왔다. 그래. 그런 꿈을 꾸었었다. 꿈인 줄 알고 꾸었다. 분명 꿈이었다. 꿈이어야만 했다. 내가 그에게 그럴 수는 없었다. 5퍼센트 아니라 1퍼센트, 아니 0.1퍼센트의 가능성이라도 있다면 수술을 해보아야 했다.

눈을 감았는데 그의 모습이 떠오르지 않았다. 대신, 그가 걸어 주었던 목걸이가 손에 잡혔다. 목걸이 팬던트 속 과달루페 성모는 여전히 말이 없었다. 문득 눈앞에 어떤 여인이 떠올랐다. 만지면 곧 먼지가 되어 스러질 것만 같은 창백한 여인, 멕시코 복장을 한 한국 여인이었다. 가난 때문에 멕시코 농장까지 흘러들어 멕시코 남자와 결혼하여 산체스를 낳은 여인. 국경을 넘다 아들의 몸을 덮고 아들 대신 죽어간 여인. 산체스가 인생의 중심이었던 여인……. 얘기로만 들었지 실제로는 한 번도 본 적이 없는 여자가 왜 이토록 또렷이 떠오르는 걸까. 여자의 얼굴 위에 과달루페 성모의 얼굴이 겹쳐졌다. 여자는 슬프기도 하고 모든 것을 초월한 것 같기도 한 눈빛을 하고 있었다. 노을빛이 바다에 잠겨든 듯한 그런 눈빛.

누가 문을 두드렸다. 마크가 문을 열자 검은 정장 차림을 한 남자가 들어왔다. 그는 생명보험 회사 직원이라고 자신을 소개했다. 그러고는 한 손에 들고 있던 가방에서 서류를 꺼냈다.

보험회사 직원은 문가에서 마크와 몇 마디 말을 나누는 듯하더니 다시 가방을 들고 나갔다. 마크가 내 어깨에 손을 얹었다. 그 어느 때보다 다정한 손길이었다.

"엄마. 잘할게."

아들의 목소리에는 불안에 시달리던 사람이 쉴 만한 거처를 찾았을 때 느끼는 안도감 같은 것이 묻어났다.

나는 물을 한 모금 들이켰다. 입안이 꺼끌꺼끌했다. 물만 마셨
는데도 모래가 잔뜩 씹히는 듯했다. 눈꺼풀이 주체할 수 없이 무
겁게 느껴지기 시작했다.

선택

다행이었다. 하마터면 엄마의 임종을 못 지킬 뻔했다. 며칠 전부터 안방에서 혼수상태로 누워 계셨다던 엄마는 내가 친정집에 도착한 지 한 시간이 채 못 되어 돌아가셨다. 나와 쌍둥이로 태어난 진성 오빠에게도 그랬지만 사진으로만 보고 얼굴을 대하긴 처음인 올케에게도 상황이 상황인지라 고개만 까딱하는 걸로 인사를 마쳤다. 나는 곧장 엄마가 누워 계신 침대 곁으로 다가갔다. 간호에 지쳤던지 오빠와 올케는 초저녁인데도 방바닥에 펼쳐놓은 요 위에 눕더니 바로 잠이 들어버렸다.

요 위에 누워 계신 엄마는 십 년 전 내가 미국으로 떠나기 전부터 입으시던 꽃무늬 원피스 차림이었다. 원피스에는 여기저기 꿰맨 자국이 있었고 목 가까이 달린 첫 번째 단추 외에는 성한 것이 없었다. 둘째 단추는 반쪽이 달아났고 셋째 단추는 크기도 색깔도 다른 거였고 마지막 단추는 늘어진 실 끝에 겨우 붙어 있었다. 얼마나 입고 빨고 했으면 이렇게 닳았을까. 그런 생각을 하며 손가락으로 단추를 하나하나 만져볼 그때였다. 엄마가 갑자기 두 눈을 번쩍 뜬 것은.

날 보기 위함인가 했는데 그게 아니었다. 빛을 잃은 눈동자는 이미 그 전에 달려 있던 근육에서 떨어져 나왔는지 원을 획 한 번 그리더니 더 움직이지 않았다. 그러니까 엄마는 눈을 둥그렇게 뜨고 숨을 거둔 거다. 뜨고는 있지만 아무것도 보고 있지 않은, 도마 위에 놓인 생선의 눈을 하고. 한 많은 사람은 죽을 때도 눈을 감지 못하는 법이야. 어디선가 들은 말이 떠올랐다. 하긴 스물둘의 나이에 나와 오빠를 쌍둥이로 낳고 그다음 해 남편을 잃고 홀로 되었으니 얼마나 한 많은 인생을 사셨을지 누구라도 짐작할 수 있는 일이었다. 나는 두 손으로 엄마의 눈꺼풀을 조심스레 내려 안구가 보이지 않게 덮었다. 벌어진 입술도 위아래를 당겨 꾹꾹 눌러주니 얌전히 다물어졌다. 엄마의 아랫도리 부근에 질금 오물이 번져 나왔다. 긴 강을 건너기 위해 몸을 가볍게 하는 것이리라. 엄마의 얼굴에는 서서히 푸른 기운이 서리기 시작했고 살아 있는 사람이 아닌, 불에 태워도 아파하지 않을 것 같은 느낌이 두드러지게 나타났다. 난 더 이상 사람이 아니야, 영혼이 떠난 물체에 불과할 뿐이야. 엄마는 그렇게 말하고 있는 것 같았다.

나는 엄마의 가슴에 얼굴을 살며시 대보았다. 가슴의 열기가 조금씩 사라지더니 어느새 차가워져버렸다. 살아 있을 때 안겼더라면 엄마의 품은 따뜻했을까? 사실 엄마 살아 계실 때 나는 한 번도 엄마 품에 얼굴을 묻은 적이 없었다.

얼마나 시간이 지났던 것일까? 시카고에서 서울까지 열두 시간 비행의 여독이 엄습하면서 잠시 잠이 들었나 보다. 온몸이 찌뿌듯한 것을 느끼며 눈을 떴다. 문득 오빠와 올케를 깨워 엄마의 임종을 알려야겠다는 생각이 들었다. 그런데 몸을 일으키던 나는 그만 도로 주저앉았다. 이상한 소리가 내 귀에 들렸기 때문이었다.

"미안하다."

나는 방을 한번 둘러보았다. 오빠와 올케는 여전히 잠들어 있었고 엄마와 나 말고 아무도 없었다. 커튼의 벌어진 틈새로 시간과의 싸움에서 이미 패배한 것이 분명한 저녁 햇살이 스며들면서 방 전체에 빛과 그림자의 불안한 교합이 얼룽거릴 뿐이었다. 나는 다시 엄마의 시신을 보았다. 그쪽에서 같은 소리가 또 들렸다.

"미안하다."

어둠 속에 오래 잠겨 있다가 바깥으로 끌어올린 칡덩굴같이 컬컬하면서도 사나운 쉰 목소리. 엄마의 목소리가 분명하였다. 죽은 사람이 말을 하다니. 나는 엄마의 입술을 보았다. 아까 숨을 거두신 직후 내가 닫아드린 그대로 입술은 여전히 다물어져 있었다. 환청이었을까? 이렇게 생각하며 숨을 고르는데 다시 한 번 엄마의 음성이 들렸다.

"미안하다."

세 번째 그 소리를 들었을 때 나는 엄마의 코 밑에 손가락을 대보았다. 공기의 흔들림이 없었다. 숨을 거두신 게 분명한데…… 혹시 꿈이 아닐까 해서 뺨을 꼬집어보았다. 아팠다. 사방을 둘러보다가 엄마의 시신 위에 형체는 없지만 따스한 후광 같은 것이 머물러 있는 것이 느껴졌다. 그제야 확신이 갔다. 이건 환청이 아니다. 엄마의 영혼이 아직 이 방 안에 남아 있는 게 분명해. 엄만 지금 나와 얘길 하고 싶은 거야.

"혜진아."

이번에는 엄마가 내 이름을 불렀다. 나는 엄마의 손을 꼭 잡았다.

"와줘서 고맙다. 네 얼굴 못 보고 죽으면 어쩌나 싶었다. 이제 네 얼굴 봤으니 여한이 없구나. 딸내미 그리 구박하더니 먼 데 보내놓고 나서 왜 이제야 후회하냐고 누가 그런 말 할까 봐 남들 앞에선 우는 척도 못했다. 아무도 없는 데서 너 보고 싶어 울고 너한테 미안해서 울고 참 많이도 울었다. 이젠 정말 여한이 없구나. 너한테 못해줬던 거, 미안하다."

엄마의 말이 계속되는 동안 어느 순간부터는 죽은 사람이 말을 한다는 게 하나도 이상하게 느껴지지 않았다. 죽은 사람이라도 말하고 싶은 게 있으면 살아 있는 사람에게 말할 수 있는 건데 왜 난 그 사실을 이제까지 몰랐던 것일까. 오히려 그런 생각이 들었다. 나는 엄마의 말에 대답하기 시작했다.

"미안해 할 사람은 바로 나야. 엄마 미워했던 거, 용서해줘."

나는 입술을 움직이지 않았는데도 말이 흘러나와서 엄마에게 분명하게 전달되고 있음을 느꼈다. 내 말에 엄마가 참지 못하고 꺼이꺼이 울음을 터뜨렸다. 그러느라고 그동안 다물어져 있던 시신의 입술이 벙긋 벌어지기도 해서 나는 급히 입술을 닫아주어야 했다. 엄마의 입술은 뻣뻣했고 아까보다 훨씬 더 차가워져 있었다.

"엄마, 이제 미안하단 말 그만해. 다른 얘기하자, 응?"

내가 그 말을 하고 있을 때 뒤에서 인기척이 났다. 올케가 잠에서 깨어났나 보다. 등 뒤에서 "어머님 돌아가셨는데 왜 우릴 깨우지 않았어요?" 하는 소리가 들렸다. 바로 그 순간, 엄마의 몸 위에 떠돌고 있던 어떤 기운이 빠져나가는 것을 느꼈다. 엄마의 시신 위에 어려 있던 후광이 있던 자리에 이제 아무것도 없었다. 엄마의 영은 이미 이 방을 떠나 어딘가로, 내가 모르는 어떤 영역 속으로 사라져버린 것을 직감할 수 있었다. 나는 엄마의 가슴팍에 얼굴을 묻고 울기 시작했다. 엄마, 가지 마. 조금만 더 있다가 가지 벌써 가면 어떡해. 할 얘기가 많은데 엄마 조금만 더 있다가 가. 아무리 울어도 엄마는 반응이 없었다. 내 말은 공중에서 허우적거리다가 도착지를 찾지 못한 연기처럼 흩어져버리고 말았다. 나는 좀 전과 같이 엄마와 이야기를 주고받는 것은 이미 끝났다는 것을 알았다. 아쉽고 아팠다.

사실, 엄마가 살아 있을 때 엄마와 나는 다정하게 말을 주고받는 사이가 아니었다. 어렸을 때 엄마는 진성이 오빠를 대할 때와는 달리 날 야단치는 걸 천직으로 아는 사람처럼 굴었다.

세상에 태어나 처음 우등상을 타 오던 초등학교 2학년 때였다. 엄마는 상장을 보지도 않고 그대로 구겨서 쓰레기통에 처넣으며 이렇게 말하였다.

"화장실 휴지로도 못 쓸 뻑뻑한 종잇조각, 뭐 하러 받아와?"

그러고도 부족해서 이런 말을 퍼부었다.

"오라비 앞길 막아도 분수가 있지 딸년이 뭐 잘났다고 상장을 타 와. 선생들이 사람 보는 눈이 없어도 한참 없지. 저년한테 줄 상이 있으면, 쯧쯧……."

엄마가 혀를 차며 차마 내뱉지 못한 말이 무엇인지 어린 나이에도 알 수 있었다. 왜 상을 오빠에게 주지 않고 나에게 주었냐는 말이겠지. 오빠가 못 받는 상을 내가 받아온 것이 엄마는 그렇게 분했던 것일까? 옆에서 이 광경을 지켜보고 있던 슈퍼 아줌마가 고개를 절레절레 흔들며 내 편을 들어주기도 했다.

"형님, 혜진이한테 너무 그러지 마세요. 요즘 세상이 어떤 세상인데."

"그런 소리 말게. 암만 세상이 변했다 해도 딸은 시집가면 그만이야. 이 집 식구도 아니라고. 내가 늙으면 아들하고 살 텐데. 암만 아들이 딸보다 낫지, 낫고말고."

"아이고, 형님. 그런 전근대적 사고방식은 개나 물어가라고 하세요. 요 앞 효철이네도 이번 어버이날에 아들은 전화 한 통 없는데 딸은 세탁기에 백화점 상품권에 별의별 선물을 보내왔다 합디다. 그 집만 그런 게 아니에요. 뒷집 상수네도 그렇고 효도는 모두 딸이 하는 세상에 형님, 혜진이한테 너무 하는 거 아니에요? 형님도 늙어서 효도받으려면 혜진이에게 잘 해야 해요."

이렇게 말해준 슈퍼 아줌마는 이 세상에서 내가 유일하게 이모라 부르는 분이지만 사실 엄마와 친자매지간은 아니다. 이모는 우리 가족이 이 동네로 이사 오기 전부터 골목 사거리에서 작은 슈퍼를 운영하고 있었다. 엄마처럼 젊어서 과부가 되었고 가족이 아무도 없어 그랬는지 이사 오자마자 엄마와 형님 아우로 친하게 지내서 나는 어렸을 때부터 슈퍼 아줌마를 이모라고 부르곤 했다. 이모는 엄마가 나를 천덕꾸러기로 대하면서 오빠는 무작정 오냐오냐 키우는 걸 영 못마땅하게 생각했다. 애들을 그렇게 차별해서 키우면 둘 다 망치는 법이라고 그리 대하면 안 된다고 바른말을 해주기도 했다. 아무리 그래도 엄마는 태도를 바꾸지 않았다.

어느 날 우리 집에 들렀던 이모가 내가 벌서는 걸 보고 엄마에게 물었다.

"도대체 혜진일 왜 그리 미워하는 거예요? 똑똑하고 예쁘고 내 눈엔 나무랄 데 없구만. 무슨 사연이라도 있는 거유?"

"사연이 있고말고."

"그 사연이 뭔지 상세히 늘어봐보쇼. 들어나 봅시다."

"우리 집에 들어올 복의 양은 정해져 있을 거 아냐. 근데 재가 다 가로채니 우리 진성이가 저리 비리비리한 거야. 어제 오늘 일이 아니라니까 그러네. 배 속에서부터 저년이 혼자서 양분을 다 빨아먹어서 태어날 때도 우리 진성이는 바싹 말랐는데 계집년이 얼마나 토실토실하고 또랑또랑한지 아휴 정말 태어났을 때부터 얄밉더라니까."

사실 나와는 달리 오빠는 병약하고 유난히 키도 작아서 걸핏하면 또래 남자 아이들에게 맞고 돌아오기 일쑤였다. 팔씨름할 때도 내가 일부러 져주지 않으면 나 같은 여자애도 이기지 못할 정도로 힘이 약했다. 게다가 책 읽는 것도 셈하는 것도 느려 오빠는 으레 내 숙제를 베끼곤 했다.

"아휴, 그거야 형님 생각이지요. 이제 다시는 그런 말 하지 마세요. 형님한테 그런 말 듣고 혜진이 마음이 얼마나 아플지 상상이나 해봤어요? 다 하늘이 준 자기 복이 있는 거예요. 혜진인 혜진이 복이 있어 똑똑하게 태어난 거고 진성인 진성이대로 자기 복이 있는 건데 애는 애로 쟤는 쟤로 그냥 봐주면 오죽 좋아? 그리고 말이 나온 김에 물어봅시다. 혜진이가 배 속에서 진성이 몫을 가로채서 먹었다는 증거라도 있어요?"

"증거가 있고말고. 내가 지나치게 생각하는 게 절대 아니라니까 그러네. 말도 마. 며칠 전만 해도 그래. 우리 진성이 먹이려고 닭 한 마리 고아놓았더니 저 년이 글쎄, 제 오빠 손도 대기 전에 다리 하나를 자기 배 속에 홀떡 처넣더라니까. 지는 키가 부쩍부쩍 크는데 오빠가 키도 안 크고 비실거리면 응당 먹고 싶은 게 있어도 오빠가 먹고 남길 때까지 기다려야지. 제 오빠 손도 대기 전에 닭다리 하나를 홀라당 먹어치운다는 게 말이 돼? 그게 다 배 속에서부터 그런 습관이 있었다는 걸 증명하는 거가 아니고 뭐겠어?"

"형님 머리는 어떻게 그렇게 돌아가우? 상상을 해도 정도가 있고 편견을 가져도 분수가 있지. 다리 두 갠데 둘 다 진성이 거라는 생각을 어떻게 했겠어? 응당 하나는 자기 거라고 생각했겠죠."

"아니, 우등상 받을 만큼 머리 좋은 애가 내가 닭 삶은 이유를 몰랐을까 봐. 뻔히 알면서 오빠 오기 전에 저 혼자 잘 먹고 잘 살려고 처먹었으니 도둑년 심보가 아니고 뭔가? 왜 저런 애가 내 배 속에서 태어나서 이리 속을 태우나 몰라. 저년은 점쟁이 말대로 얼른 키워 멀리 시집이나 보내야지. 저년이 멀리 가버려야 우리 진성이 운이 트일 텐데. 아휴."

엄마는 이런 억지를 부리며 오빠와 나를 차별했다. 나도 알고
있었다. 점쟁이가 엄마에게 무슨 말을 했는지를. 초등학교 2학년
때였다. 오빠가 열이 몹시 나면서 쓰러지던 날, 엄마는 답답해
미치겠다며 용하다는 점쟁이를 찾아갔다. 그때 점쟁이는 오빠와
내 사주를 보더니 이 모든 재앙은 쌍둥이 딸 때문에 생긴 일이라
고 말했다. 딸애가 엄마 배 속에 있을 때부터 아들 복을 뺏어서
아들이 잘되기 힘들다며 딸애를 멀리해야 아들이 잘될 거라고
했다나 뭐라나. 엄마로부터 귀에 딱지가 생기도록 들었던 말이
다. 툭하면 점쟁이 말을 들먹거리면서 엄마가 화를 낼 때마다 기
가 막혔다. 점쟁이가 뭘 안다고 그 말을 믿고 날 이렇게 몰아 붙
인단 말인가.

엄마의 아들 딸 차별은 얼마나 심했는지 초등학교 6학년 때는
이런 일도 있었다. 서울 근교 산에 소풍을 갔다가 돌아오는 길에
아이들은 우르르 선물가게에 들러 부모님께 드릴 선물을 고르기
시작했다. 나도 오빠도 각각 엄마에게 드릴 선물을 샀다. 집에
돌아와 선물을 드렸을 때 엄마는 오빠가 사온 안마기는 색실을
매달아 벽에 걸어두었다. 하지만 내가 사온 부채는 계집년이 사
치 병에 걸려서 어디 갔다 하면 돈 주고 뭘 사온다고 호통을 치
면서 바닥에 던져버렸다. 얼마나 화를 내던지 옆에 있던 오빠가
무안해서 슬그머니 자기 방으로 들어가버릴 정도였다. 그때뿐만

이 아니었다. 선물할 때마다 엄마의 반응은 유사해서 나는 엄마에게 무언가를 선물하는 게 두려워질 정도였다.

중학교 때는 이런 일도 있었다. 엄마 생신이 가까워오자 나는 오빠를 졸라 같이 선물을 사러 가자고 했다. 오빠는 잠자코 날옷 가게로 데리고 갔다. 나는 오빠가 고르는 내복과 똑같은 걸 골랐다. 상표도 모양도 색깔도 금액도 똑같았다. 치수만 좀 달랐다. 오빠가 좀 작아 보이는 치수를 고르기에 나는 엄마에게 맞을 만한 넉넉해 보이는 큰 것으로 골랐을 뿐이었다. 이번에는 틀림없이 엄마가 내 선물을 더 좋아할 줄 알았다.

하지만 생신 날 아침, 엄마에게 우리 둘이 선물을 내놓았을 때 엄마는 내가 고른 내복은 도로 내게 집어던지면서 돈으로 바꿔오라고 했다. 오빠가 사온 작은 내복은 너무 꽉 끼어 엄마의 목과 얼굴이 붉게 변하고 숨쉬기가 곤란해 보였는데도 "우리 진성이가 골라서 그런지 편하고 몸에 딱 맞다"며 미소까지 지으셨다. 그런 억지를 보면서 나는 이제 엄마에게 잘 보이려는 노력을 하지 않기로 했다. 그리고 죽을 때까지 선물 따위는 하지 말아야겠다고 결심했다.

경쟁률이 센 서울에 있는 명문대학 국문과에 합격했을 때도 나는 기뻐할 수 없었다. 오빠가 정원 미달인 신통찮은 전문대학에 가게 되었기 때문이었다. 엄마의 말에 의하면 내가 명문대 가느라 오빠 운을 다 뺏어가서 오빠가 전문대학밖에 못 갔다는 것이다. 마침내 나는 엄마가 아무래도 친엄마가 아닐 거라는 생각을 하게 되었고 엄마의 머리카락과 칫솔을 가지고 병원에 가서 유전자 검사까지 해보았다. 결과는 엄마와 내가 친모녀 관계라는 것이었다. 나는 절망했다. 친엄마가 아니라면 우리의 관계를 이해하겠는데 빼도 박도 못하게 백 퍼센트 일치한다니. 이를 어떻게 이해해야 하는 건지. 정말이지 엄마와 함께 지내는 게 고역이었다. 그래서 대학을 졸업하고 고등학교 국어 교사로 취직한 후에는 아예 오피스텔을 얻어 거처를 옮겼다. 그리고 명절이나 엄마 생신 외에는 좀체 집에 들르지 않았다.

교사 생활 7년째로 접어들었을 때 나는 직업에 회의를 느꼈다. 학생들에게 똑같은 교재로 똑같은 과목을 가르치는 것이 지루하고 따분해서 견딜 수 없었다. 무엇보다 학생들에게 그리 인기 있는 선생이 못 된다는 게 자존심 상했다. 스승의 날이나 마지막 수업이 있는 날이면 다른 선생님들 책상 위에는 아이들이 보낸 카드나 작은 선물꾸러미가 놓여 있는데 내 책상 위에는 아무것도 없었다. 반드시 인기 있는 선생이 되고 싶은 생각은 없었지만 이왕 교사가 되었으면 아이들이 상담이 필요할 때 찾아갈 수 있는 그런 사람이 되어야겠다고 막연히 생각하고 있었다. 하지만 내가 가르치는 아이들은 상담은커녕 내 전공인 국어에 대한 질문이 있을 때조차 나를 찾아오지 않았다. 대신 다른 국어 선생님을 찾아갔다. 해마다 이런 일이 거듭되면서 나는 학생들을 가르치는 일이 내게 어울리지 않는다고 생각하게 되었다. 학생들과 눈이 마주치면 내가 분명 확신하고 있었던 것조차 이게 과연 맞을까 하는 의문이 들면서 지식에 대한 자신감마저 사라져버린 것이다. 마침내 나는 교사직을 그만두고 국문과 박사과정에 지원하기로 했다. 사람 대신 책을 택했던 거다.

합격 소식을 받은 다음 날은 때마침 구정 연휴가 시작될 때라 오피스텔에 혼자 있기도 뭐 해서 그래도 집이라고 들렀더니 합격 소식을 전해들은 엄마는 날 못 잡아먹어서 안달이었다.

"난다 난다 장군 난다더니 여태까지 공부한 것도 모자라 이제는 박사 되려고 이 야단을 해? 취직 안 돼서 백수로 있다가 이제 겨우 맘 잡고 튀김 장사하는 네 오라비 기 죽이려고 환장해서 이러는 거냐?"

그렇게 말도 안 되는 야단을 쳐서 나는 결국 떡국 한 사발도 다 끝내지 못하고 수저를 내려놓고 엄마 집을 나와야 했다. 그 후 엄마와 나는 거의 몇 달 동안 전화 한 통 없이 지냈다.

한동안 서로 연락 없이 지내던 어느 날 엄마에게서 전화가 왔다. 집에 왔다 가라는 것이었다. 무슨 일일까 궁금해서 수업을 마치고 곧장 집에 찾아갔더니 엄마는 다른 때와는 달리 활짝 웃는 얼굴로 나를 반겼다. 의아해서 눈만 멀뚱거리는 내 앞에 엄마는 사진 한 장을 들이밀었다. 내 또래 남자의 명함판 사진이었다. 특별히 잘생기지도 못생기지도 않아 보이는 평범한 남자 사진이었다.

"결혼소개소에 백오십만 원 내고 받아낸 거다. 나이 서른둘, 너랑 동갑이다. 미국 시카고에 사는 총각이고. 이번 주 토요일 저녁 여섯 시야. 플라자 호텔 일 층 커피숍이라니까 그리 알고 꼭 나가야 된다."

"이 말 하려고 날 오라 하셨어요?"

"그래."

"웬일로 전화를 다 주셨나 했더니……."

나는 바로 돌아서서 현관으로 향했다. 등 뒤로 엄마의 거친 숨소리가 들렸다.

"네 나이가 서른둘이다. 요즘 세상이 좋아서 그렇지 옛날 같으면 재취 자리 찾아야 할 나이다. 알기나 해?"

나는 신발을 신다 말고 돌아섰다. 엄마는 독기 어린 눈으로 날 보고 있었다. 이 사람이 정말 내 친엄마 맞아? 어이가 없었다. 엄마는 내가 화가 났다는 걸 모를 리 없건만 계속 밀어붙이기로 나왔다.

"네 서류 내밀었더니 소개소에서 뭐라 했는지 아니? 조금만 늦게 등록했으면 큰일 날 뻔했다더라. 그래도 지금은 박사과정 중이니까 본다는 총각이 있지 졸업하고 나면 아예 남자들이 쳐다보지도 않는다더라. 박사학위 가진 여자하고 어려워서 어떻게 사느냐고 차라리 고졸이 더 낫다 한다더라."

나는 더 참기 어려워 엄마에게 소리를 질렀다.

"백오십 투자했다 하셨어요? 그 돈, 길거리에 갖다버리기 아까운 돈 아닌가요? 내가 평생 혼자 살든 남의 재취가 되든 내가 알아서 할 테니까 엄만 신경 끄세요."

엄마의 얼굴이 벌게졌다. 곧 나를 한 대 갈길 거라 생각했다. 하지만 엄마는 평소와는 달리 화를 꾹꾹 참으면서 짐짓 나긋한 목소리로 이렇게 말했다.

"그 사람 재미동포다. 영주권도 있고 벌써 집도 장만했다더라. 차도 벤츤가 뭔가 좋은 차를 타고 다닌다더라. 너한테 과분한 사람이라는 거, 명심해."

나도 질세라 대들었다.

"엄마. 재미동포들, 어떻게 산다는 얘기 못 들어봤어요? 미국 가면 잘살 줄 알고 집 팔고 직장 버리고 이민 간 사람들, 거기 가서 후회한다는 거 알 만한 사람 다 아는데 엄마는 그런 얘기도 못 들어봤어요? 일류대학 나온 사람들 창고에서 짐 나르고 석사 박사 난다 긴다 하는 사람들 거기 가서 밤 청소하고 세탁소 한다는 거 몰라요? 난 그런 데 시집가기 싫어. 내가 미쳤어요? 우리나라 좋은 나라 편안한 나라 놔두고 그런 데 가서 고생하게."

화가 나니 점점 숨이 가쁘고 말도 거칠어졌다.

"이그. 네가 아직도 정신을 못 차렸구나. 뭘 해서 돈 버느냐가 중요한 게 아니라 수입이 얼마냐가 중요하다는 거, 아직도 몰라? 등 따습고 배부르면 그만이지, 직업에 뭔 귀천이 있어? 박사 졸업하고 대학 강산가 뭔가 백날 해봐라. 네 집 한 칸 마련할 수 있을 줄 아냐? 어림없지. 박사? 그게 뭐 대수냐? 암만 날고 기어도 여자는 시집을 잘 가야 하는 거야."

"그래요. 명심할게요. 하지만 선보러 나가지는 않을 거예요. 꼭 결혼하고 싶으면 내가 알아서 남자 찾아올 테니까 걱정일랑 붙들어 매시고요. 그리고 분명히 말해두겠는데요. 결혼소개소 통해서 사람 만나 결혼하느니 차라리 그냥 혼자 살 테니까 그런 줄 아세요."

엄마가 더 참지 못하겠는지 내 쪽으로 다가오더니 주먹으로 머리를 탁, 갈겼다.

"이그! 이놈의 주둥아리! 다시 한 번 그딴 소리 했다간 다리 몽둥이를 분질러놓을 테니 그리 알아. 내일모레 저녁 여섯 시다. 이번에 안 나가면 네 이름 호적에서 파낼 테니 그리 알아."

"그러시든지요."

엄마가 매서운 눈으로 나를 흘겨보는 걸 느끼며 나는 문을 쾅 닫고 나와버렸다.

아무리 엄마가 날 그 자리에 나가게 하려고 애를 썼다 한들 그 날 낮에 터진 그 두 가지 사건만 아니었다면 그 재미동포라는 남자를 만나러 호텔 로비에 나가진 않았을 것이다. 학부 때부터 내 글을 칭찬해오던 학회지 편집장인 교수가 내 논문을 학술지에 게재하겠다고 두어 달 전에 내게 언질을 줬다. 학술지가 도착했다는 소식이 국문과 그룹 방에 떠서 기대를 하고 사무실에 갔더니 후배 조교가 잠시 얘기 좀 하자고 했다. 나와 몇 번 차도 마시고 논문 테마 정할 때 도와준 적이 있는 후배 조교였다.

후배가 말했다.

"선배. 너무 실망하지 마세요. 이번 학술지에 선배님 논문 대신 진영 선배 게 실렸어요."

"그게 무슨 말이야?"

후배가 손에 들고 있던 학술지를 내게 내밀었다. 분명 내 논문이 실려야 할 자리에 나와 동기인 진영이의 논문이 실려 있었다. 잠시 훑어보니 지난 학기 나와 같이 들었던 수업 시간에 발표한 것이었다. 깊이나 폭에서 내 논문과 비교도 되지 않을 만큼 조잡한 것이었다. 후배가 말했다.

"선배. 제가 할 말은 아니지만 안타까워서 하는 말이에요. 다른 사람들이 교수님께 찾아가서 인사하고 사정하는 거, 그거 부정부패 아니에요. 양심 접어놓고 저지르는 죄악도 아니고요. 진영 선배가 교수님 찾아올 때 제가 지켜봐서 알아요. 선물이라 봤자 이만 원도 안 되는 녹차 한 통이었어요. 그 선배 얼마나 가난하게 사는지 선배도 아시잖아요. 절박함에서 찾아온 거라고요.

교수님 입장에서도 그래요. 기껏 키워줬는데 고마워하는지 안 하는지 속을 전혀 알 수 없는 제자 키우는 것보다 때 되면 찾아와서 인사하고 붙임성 있게 구는 제자에게 훨씬 마음이 가지 않겠어요?"

나는 후배를 빤히 보았다. 진심으로 날 생각해서 하는 말이 분명했다. 늘 남에게 싫은 말 못하는 사람이 오죽하면 내게 이런 말을 했을까. 그에게 잘 가란 말도 못하고 뒤돌아 건물을 빠져나왔다. 그러니까 나는 집에선 오빠한테 밀리고 학교에서는 실력이 없는 것도 아닌데 교수님이나 다른 친구들에게 밀리고 버려지는 사람이었던 거다.

기분이 상해서 터덜터덜 도서관 옆 소나무 길을 걷고 있는데 전화가 걸려왔다. 그동안 소식이 뜸했던 남자친구였다.

"우리 이제 그만 만나자."

"왜? 바빠?"

"아니. 이제 너랑 헤어지려고."

"그게 무슨 소리야? 왜 갑자기……."

"갑자기가 아니야. 네가 교사 생활 접고 공부 계속하고 싶다고 했을 때부터 그만 만나야겠다고 생각했어."

그러고 보니 그는 교사직을 그만둘 때도 심하게 말렸고 공부를 시작한 이후로는 만나는 횟수가 뜸해졌다. 내가 바쁠 거니까 배려해서라고 생각했는데 그게 아닌 모양이었다.

"다른 과도 아니고 국문과잖아. 박사학위 따는 데 오 년이 걸릴지 칠 년이 걸릴지 모른다며? 학위 따도 정교수 되기란 하늘에 별 따기라며? 십중팔구 대학 강사 될 건데, 강사 되면 얼마를 버는데? 좋은 직장 놔두고 앞뒤 안 재고 자기 하고 싶은 일만 하는 너를 신뢰할 수가 없어."

그는 또 이런 말도 했다.

"널 첨 본 순간부터 내 스타일이 아니라는 건 알았어. 그래서 너한테 맞추려고 무진장 노력했는데 이젠 지친다. 시간이 아무리 흘러도 안 되는 건 안 되는 건가 봐. 첨부터 시작을 말았어야 하는 건데."

그의 말이 계속되는 도중에 내 쪽에서 전화를 끊었다. 더 참고 들을 수가 없었다. 나는 억지로 들고 있던 학술지를 쓰레기통에 처넣었다. 지나가던 학생들이 뜨악한 표정으로 날 쳐다보는 게 느껴졌다. 망할 놈의 세상. 망할 놈의 한국. 이 땅, 정말 떠나고 싶다. 몸서리쳐지게 인생이 지겹다는 생각이 들었다. 그때 문득 사진 한 장이 머리에 떠올랐다. 재미동포라는 그 남자. 다른 방법이 없을 때, 눈앞에 단 하나의 출구가 보이면 그게 해답이라는 생각이 든다. 그런 맘으로 그날 거기에 나갔다. 그리고 사진 속의 남자, 지금 내 남편이 된 이석훈 씨를 만나게 되었다.

그의 첫 인상은 호텔 로비에 앉아 있는 사람 중 가장 그곳에 어울리지 않는 사람이라는 것이었다. 낡은 코르덴바지에 흙이 묻은 운동화 차림의 그를 처음 보았을 때 청소부가 잠시 쉬려고 손님 자리에 잘못 앉아 있는 게 아닌가 싶었다. 혹은 빗물과 햇빛을 받으며 싱싱한 가로수로 자라고 있어야 할 나무가 실수로 잘못 옮겨져 거기 그렇게 어정쩡하게 앉아 있는 것 같기도 했다. 하지만 내 마음이 울적해서 그랬는지 그곳과 어울리지 않는 그의 모습이 싫지만은 않았다. 그리고 진한 에스프레소를 마시면서 두 손으로 피곤한 얼굴을 훑으며 말을 시작했을 때 의외로 괜찮은 사람일지도 모른다는 생각이 들었던 것도 사실이었다.

그의 목소리는 저음이었지만 발음이 분명하고 편안한 감을 주었다. 그는 내게 목례를 하더니 사과부터 했다.

"복장이 이래서 죄송합니다. 미국에서 나올 때 이런 자리에 나오게 될 줄 몰라서 편한 옷만 가지고 왔는데……. 친구가 한국에 잠시 쉬다 가라 하기에 말 그대로 쉬러 나왔는데 친구 주선으로 여기까지 오게 된 겁니다."

동갑이라 했는데 그는 실제보다 나이가 들어 보였다. 고생을 많이 한 사람인가? 그런 생각이 스쳤다.

"먼저 제 소개부터 드릴게요. 전 이석훈이라고 합니다. 대학 1학년 마치고 군대 갔다가 제대해서 바로 시카고로 갔고요. 시카고 간 지 햇수로는 팔 년 되었습니다. 지금 조그만 세탁소를 하나 하고 있고요."

"세탁소요?"

그래, 그럼 그렇지. 미국에 간 1세 한인들 대부분이 세탁소나 청소업, 조그만 가게를 운영한다더니 이 사람도 예외는 아닌가 보네. 기대도 없었는데 실망감은 왜 찾아오는지. 나도 모르게 입에서 실소가 흘러나왔다.

다음은 내 차례였다. 나는 될수록 짧게 날 소개했다. 전직 교사였다는 것, 지금은 박사과정 공부를 하는 미래가 불확실한 학생이라는 것. 두 문장으로 요약하고 나니 더 할 말이 없었다. 그는 차분한 인상과는 달리 제법 많은 말을 했는데 국문과 지인들이나 헤어진 남자친구와는 달리 현실적인 말만 한다는 특징이 있었다.

"혹시 미국에 대한 환상 같은 건 없으신지요?"

"환상요? 없어요."

내가 완강한 어투로 머리를 절레절레 흔들며 대답하자 그가 웃었다.

"혜진 씨가 미국에 대한 환상을 품고 있음 어쩌나 했는데 아니라니까 안심이 되네요."

그의 부드러운 말투와 맑은 웃음이 보기 좋았다.

"하긴 요즘엔 우리나라 사람들이 해외여행도 많이 다니고 방송이 워낙 많이 발달되어서 미국에 대한 환상을 품고 있는 사람은 드물겠지요."

나는 고개를 끄덕였다. 그가 또 물었다.

"미국에 가보신 적 있으신가요?"

"아뇨."

"아, 그렇군요. 미국에 전혀 안 가보셨군요."

나는 마음이 초조해졌다. 흔히 사람들은 자기가 다녀온 나라를 안 가봤다고 하면 으레 그럼 어딜 다녀왔냐는 질문을 하기 때문이었다. 해외여행 이야기가 나오면 나는 괜스레 주눅이 들었다. 사실, 미국이나 유럽은 고사하고 가까운 중국이나 일본조차 나는 가본 적이 없었다. 엄마와 오빠는 모자간에 둘이서 해외여행도 곧잘 다녔는데 그때마다 나는 빠졌었다. 엄마는 도저히 내가 시간을 낼 수 없을 만큼 중요한 시험이나 논문 발표를 앞두고 있을 때만 골라서 오빠와 단둘이 여행을 떠났다. 나는 화제를 슬쩍 돌렸다.

"미국에서 사는 거, 좋아하세요?"

그 질문에 그가 살짝 얼굴을 붉혔다. 아무 대답이 없기에 내가 말을 바꾸어 물었다.

"석훈 씨에게 미국은 어떤 곳이에요?"

그는 잠시 뜸을 들이더니 생각하면서 말을 하는 사람들이 흔히 그러하듯이 한마디 한마디 틀리지 않게 말하려고 이따금 눈을 감았다 뜨기도 하고 입술을 깨물기도 하면서 말했다.

"이미 가졌을 때 느끼는 기쁨보다 가지게 될 거라고 희망하고 있을 때 기쁨이 더 크잖아요. 제게 있어서 미국은 그러니까……
희망, 그래요. 아직 가지지는 못했지만 앞으로는 가지게 될 거라
는 희망을 주는 곳이에요."

희망. 오랜만에 들어보는 단어였다. 대답을 하는 동안 그의 얼
굴에는 곧 울 것 같기도 하고 웃을 것 같기도 한 묘한 근육의 움
직임이 나타났다.

잠시 침묵이 흘렀다. 창 밖에는 하늘을 날던 새 한 마리가 빠
른 속도로 하강하고 있었다. 길바닥에서 먹이를 발견했는지 커
다란 날개를 접어 몸에 바짝 붙이고는 부리로 무언가를 쪼기 시
작했다. 공중에서는 먹이를 찾지 못했던 것일까? 잠시 후 새는
먹이를 다 먹었는지 다시 날개를 펴고 하늘로 유유히 날아갔다.
그가 다시 입을 열었다.

"대학 1학년 때 시카고 주립대학으로 유학을 갔어요. 일 년이
채 못 됐는데 갑자기 아버지 회사에 부도가 났어요. 그 일로 아
버지가 먼저 심장마비로 돌아가시고 사이가 좋으셨던 어머니도
얼마 더 못 사시고 아버지 뒤를 따라 가셨고요. 두 분 장례 치르
고 한국에 있기 싫어서 다시 시카고로 돌아왔어요. 일 년을 버티
긴 했는데 더 이상 학비 댈 재주가 없어서 학교 그만두고 한인이
경영하는 세탁 공장에서 일하기 시작했어요. 영주권 신청해준다
는 조건이어서 칠 년 동안 지독하게 적은 임금에 노예처럼 일해
줬어요. 재작년에 영주권 얻고 거길 나와서 세탁소를 하나 샀어

요. 워낙 작아서 제가 혼자서 직접 운영하고 있고요."

"아, 그래요?"

그는 지난 몇 년간의 미국 생활을 몇 문장으로 축약하여 말해주려고 애쓰는 것 같았다. 그러더니 갑자기 무언가 중요한 것이 생각났다는 듯 빠른 속도로 내게 물었다.

"혹시 소개소에서 제가 집을 샀다고 얘기하지 않던가요?"

엄마가 집도 벌써 장만한 사람이라고 말해주었던 것이 기억났다. 하지만 아무 대답도 하지 않았다. 그는 내가 그 말을 듣고 나왔으리라 짐작했는지 거기에 대한 설명을 덧붙였다.

"제 친구가 시카고 출장 왔다가 우리 집에 며칠 다녀갔는데 좀 착각을 한 것 같아요. 제가 집을 갖고 있는 건 맞는데 시카고 외곽에 있는 타운 홈이에요. 한국에서 빌라라 부르는 것하고 비슷한 건데 겨우 십오만 달러짜리고요. 목돈을 조금밖에 못 모아서 은행에서 융자 받아서 샀으니 내 명의이긴 하지만 실은 은행 거나 마찬가지예요."

그 말을 한 후에 그는 못마땅하다는 듯이 미간을 찌푸렸다.

"제 차가 벤츠라는 이야기는 안 하던가요? 벤츠가 맞긴 맞는데 십오 년 된 중고예요. 소나타 새 차보다 싼 거예요. 근데 친구가 우리 집에 오기 바로 전, 차가 고장 나서 엔진도 바꾸고 고치는 김에 이것저것 손봤지요. 겉보기에 멀쩡하니까 벤츠 타고 다닌다고 소개소에 얘기를 해둔 것 같아요. 오해하실까 봐 미리 말씀드립니다. 전 열심히 돈을 벌려고 노력하는 사람이긴 하지만 현재로서는 별로 가진 게 없는 사람입니다."

"아, 그렇군요."

그렇게 대꾸하면서 나는 살짝 미소를 지었던 것 같기도 하다. 말하지 않고 지나가도 되는 이야기를 처음 보는 사람 앞에서 솔직하게 털어놓는 그의 태도가 마음에 들었다. 그의 이야기를 한참 듣다가 이번에는 내가 질문을 했다.

"시카고에도 한국 사람 많지 않아요? 팔만 명 정도의 한국 사람이 산다는 통계를 본 적 있는데요. 시카고에서 여자분 만날 기회가 좀체 없으셨나 봐요."

그는 겸연쩍은 듯 머리를 긁적이더니 이렇게 말했다.

"소개로 두세 번 만난 적이 있는데 잘 안 됐어요. 제가 생각하는 이상형이랑 좀 안 맞아서요."

"이상형이 어떤 사람인데요?"

"말 통하는 사람요."

그는 이상형에 대해 많이 생각해 본 사람처럼 조금도 주저하지 않고 명확하게 대답했다. 말이 통하는 사람? 쉬우면서도 어려운 조건 같았다.

"시카고에서 살다보면 문득 여기가 유배지가 아닌가, 그런 생각이 들 때가 있거든요. 모든 외지가 다 그렇듯이 시카고도 무척 외로운 곳이에요. 여기선 동창이며 회사 사람들끼리 모임이 너무 많아서 탈이잖아요. 이민자의 삶은 안 그래요. 직장과 가정. 그 두 가지밖에 없어요. 그러다 보니 자연 집에서 가족과만 이야기를 나누기 십상이고요, 그래서 말이 통한다는 게 배우자의 중요 조건이 되는 거고요."

"미국 사람들하고는 친구하기 힘든가요?"

"미국에서 태어난 사람들은 영어에 부담이 없으니까 곧잘 현지 친구들을 사귀지만 우리 같은 1세들은 그렇질 못해요. 그리고 언어 장벽을 뛰어넘은 사람이라 해도 오버타임으로 일을 하니까 시간 내기 힘들어서 못 만나기도 하고요."

고개가 끄덕거려졌다. 충분히 이해가 되었다. 시간이 많이 흘렀는지 창밖엔 어둠이 오고 있었다. 비지스의 'Words'가 흐르고 별들이 하나둘 돋아나는 것이 보였다. 이야기가 계속되는 동안 내가 이 사람을 오래전에 만난 적이 있지 않나, 그런 엉뚱한 생각이 스쳤다. 제법 널찍해 보이는 이마에 오랫동안 생각을 하며 살아온 사람만이 갖는 사려 깊은 그늘 같은 것이 스며 있기 때문일까.

그는 한국에 머무는 두 주 동안 매일같이 나를 만나러 왔다. 하루에 두 번 만나러 오기도 했다. 아침에는 오피스텔 앞에서 서성거리다가 나를 만나면 학교 가는 길까지 바래다주었고 학교 일이 끝나는 시간대에는 정문 앞에 기다리고 있다가 집으로 데려다주기도 했다. 만날 때마다 느끼는 거였는데 그는 사소한 나의 의견을 존중해주고 내가 말을 하면 열심히 들으려고 했다. 커피 대신 차를 마시자, 영화 대신 연극을 보자, 이런 별거 아닌 말에도 귀를 기울여주었고 그 제안을 들어주려고 애를 썼다. 내 말이 무시되고 나와 말이 통하지 않는 사람들 속에서만 살아왔던 나인데, 다른 사람이 내 이야기를 들어주고 존중해주는 건 내 인생에서 일어나지 않을지도 모른다고 조바심을 쳐왔던 나인데 그래서 다른 사람들과 이야기를 주고받는 대신 차라리 책 속에 파묻혀 살겠다고 결심했던 나인데 그는 부상당한 나를 서서히 세워주고 나도 당당히 사람들 사이에서 사람다운 이야기를 나누며 살아갈 수 있는 사람이라는 것을 일깨워주는 것 같았다. 그래서일까. 그와 함께 있으면 문득문득 가슴속에서 나뭇잎에서 일어나는 푸른 파장 같은 것이 일어나는 것이 느껴지기도 했다.

엄마가 내게 전화를 했다.

"소개소에서 연락이 왔다. 너만 좋다면 아예 약혼이라도 해놓고 가고 싶다고 말했다는데, 네 의견은 알아볼 필요도 없다고 내가 말해뒀다. 그만한 조건 갖추었으니 남자 쪽에서 좋다면 그만이지. 안 그러냐?"

엄마의 말에 나는 아무런 대꾸도 하지 않았다. 그리고 그가 별로 부자가 아니라는 이야기도 하지 않았다.

미국으로 떠나기 전날 그가 말했다.

"저와 결혼하는 거 진지하게 생각해봐주세요."

"우리 만난 지 이 주밖에 안 됐어요. 중요한 일을 결정하기엔 너무 짧은 시간 아니었나요?"

"혜진 씨 만나기 전에는 저도 결혼을 하려면 적어도 이삼 년 정도는 데이트를 해봐야 한다고 생각했어요. 하지만 이번에 생각이 달라졌어요. 혜진 씨를 놓치고 싶지 않아요."

남자친구가 헤어지자고 하면서 "널 처음 본 순간부터 네가 내 스타일이 아니라는 걸 알았어. 아무리 노력해도 안 되는 건 안 되는 건가 봐"라고 했던 것이 떠올랐다. 나는 머리를 흔들었다. 잠자코 나를 바라보던 그가 느닷없이 말했다.

"혜진 씨 처음 봤을 때 내가 어떤 느낌 받았는지 알아요?"

"어떤 느낌이었는데요?"

"남에게 자기 걸 빼앗길 줄도 아는 사람."

"네?"

"다른 말로 바꿀게요. 남에게 자기 걸 기꺼이 양보할 줄도 아는 사람. 대부분의 사람은 남의 걸 채가는 데 능숙하죠. 근데 혜진 씬 다른 거 같았어요. 자기 손에 이미 들어온 소중한 것도 기꺼이 남에게 양보할 줄 아는 그런 미덕을 갖춘 사람이란 생각이 들었어요. 양보란 빼앗기는 방법을 터득한 사람이 하는 행동이 잖아요. 그래서 처음부터 끌렸던 것 같아요."

난 속으로 뜨끔했다. 내게서 그런 인상을 받았다면 잘못 봐도 한참 잘못 본 거다. 내가 많이 양보하며 살아온 건 맞는데 양보의 미덕을 갖춰서가 아니라 빼앗기지 않으면 안 될 때 양보하는 척했을 뿐이었다. 기꺼이 양보한 건 절대 아니었다. 양보할 때마다 양보하기 싫어서 아니, 빼앗기기 싫어서 가슴이 조여오고 빗금이 죽죽 쳐지는 것 같았다. 하지만 양보하지 않으려 애를 써도 빼앗길 게 분명하기에 붙들고 있다간 더 처참한 지경에 빠질 것 같아 양보했을 뿐이었다. 그는 내가 속으로 무슨 생각을 하는지 모르고 계속 성실한 어조로 말을 이었다.

"내가 혜진 씨와 말이 통한다고 느꼈던 것처럼 혜진 씨도 나와 말이 통한다고 생각해주길 바라요."

그 말을 하고 그는 미국으로 떠났다. 그 후 자려고 누우면 그의 얼굴이 떠올라 좀체 사라지지 않곤 했다. 그가 웃는 모습도 그의 이마로 흘러내리던 머리카락도 그의 곤혹해 하던 표정도 모두 떠올랐다. 그리고 그의 얼굴이 떠오르면 내가 미소 짓고 있는 것이 느껴졌다. 이만하면 되지 않았나. 그리고 이 지긋지긋한 생활에서 떠날 수 있는 가장 최상의 방법이 그와 결혼하는 것은 아닐까. 만일 그가 나에 대해 착각을 했다면 그 착각 위에 나를 걸쳐놓고 좀 쉬어 가면 또 어떤가. 그런 생각을 하고 나니 마음이 점점 편안해지기 시작했다.

그는 매일 전화를 했다. 그리고 삼 개월 후 다시 한국에 나와 내게 청혼했다. 나도 별 망설임 없이 그의 청혼을 받아들였다. 결혼식을 마치고 그다음 날 그를 따라 바로 미국으로 건너왔다. 한국을 떠나는 데 전혀 미련이 없었다.

그가 사는 타운 홈은 시카고 시내에서 약 사십 분쯤 떨어진, 구획이 잘 정리된 깨끗한 동네에 자리하고 있었다. 키가 비슷비슷한 단풍나무와 도토리나무가 간격을 맞추어 가로수로 심어져 있었고 조금만 걸으면 시내가 흐르는 숲이 나왔다. 숲길은 말할 것도 없고 동네만 걸어도 소풍을 나온 것 같았다. 하지만 모두 자동차만 타고 다니고 행인이 없어 마치 영화를 찍으려고 만들어둔 세트장 같아 쓸쓸해 보이기도 했다.

그의 도움을 받으며 이민 가방을 풀었다. 내가 가지고 온 짐들은 별로 생활에 필요한 것들은 아니었다. 내 옷과 추억의 물건들, 여가 시간에 읽으려고 사온 서적이 대부분이었다. 그는 그것들을 하나하나 귀한 물건 다루듯 어루만지면서 선반이며 책장이며 침대 옆 장롱 위에 올려놓았다. 그가 말했다.

"혜진 씨 물건들이 놓이니 우리 집이 무슨 귀한 유적지가 된 것 같아요."

나는 우쭐해져서 그 물건들이 어디서 언제 내 손으로 들어오게 되었는지 하나하나 설명해주었다. 그는 설명하는 내내 고개를 끄덕거리며 열심히 들어주었다. 마치 내가 아주 중요한 말을 한다는 듯이.

사나흘이 지나 짐정리가 거의 다 끝났을 때였다. 그는 당장 내가 다닐 학교부터 등록해야겠다고 했다.

"미국에 오래 산다고 영어가 느는 건 아니에요. 내가 쓰는 영어도 처음 미국 와서 학교 다닐 때 배운 영어가 거의 전부예요. 눈 딱 감고 이삼 년만 학교 다녀요. 그게 내가 혜진 씨에게 바라는 거예요."

그렇지 않아도 어쩌다 미국 사람이 내게 말을 걸어오면 안녕하세요, 이름이 뭐예요, 오늘 날씨가 좋군요, 이렇게 몇 마디 주고받은 후엔 진도가 나가지 않았다. 이런 경험을 하면서 언어장애 극복은 기본이라는 생각을 했기에 그의 제안을 좋게 여겼다.

나는 엄마에게 전화를 했다.

"내 통장에서 이천만 원만 꺼내서 미국으로 좀 부쳐줘."

전에 교사로 일할 때 모아둔 팔천만 원을 이자율이 높은 정기예금에 묶어두었는데 만기일이 좀 남아서 엄마에게 통장이랑 도장을 맡겨두고 왔던 터였다.

그런데 엄마의 반응이 엉뚱했다.

"그 돈 못 보낸다."

"무슨 말이야? 돈을 못 보내다니? 내 돈 내가 달라는데 왜?"

"네 오빠가 요즘 사업을 시작했거든. 돈이 모자라서 애를 먹기에 네 통장에 있는 돈 다 빼서 미리 좀 당겨 썼다. 돈 풀리면 그때 부쳐주마."

"엄마, 그게 말이 돼? 딸이 맡긴 돈을 떼먹는 엄마도 있어?"

"누가 떼먹을 거라 그랬니? 갚을 거야. 내가 죽기 전에 무슨 일이 있어도 네 돈은 통장에 도로 채워놓을 테니 그런 줄 알아라. 그리고 또……."

"또 뭐?"

"네 오빠 곧 결혼한다. 며느리 될 사람이 좀 똑똑한 것 같아서 기죽지 말라고 세 줬던 점포 명의를 진성이 이름으로 변경해놨으니까 네 지분은 없는 거다. 나 죽거든 그것 땜에 싸우지 말라고 미리 말해두는 거다. 알아들었지?"

그리고 전화를 탁 끊었다. 기가 막혔다. 점포는 그렇다 쳐도 내가 번 돈을 오빠 사업 자금으로 끌어다 쓰다니. 그렇지 않아도 통장이랑 도장을 갖고 나올까 하다가 설마 엄마가 자기 배 아파서 낳은 딸의 돈을 떼먹겠나 싶어서 맡겨놓고 왔는데 이런 일이 벌어지다니. 엄만 정말 나 같은 건 안중에도 없는 걸까? 엄마는 철저히 오빠만 아는 아들 바보인가?

내가 통화하는 것을 잠자코 옆에서 듣고 있던 그가 말했다.

"등록금은 내가 내줄 거예요. 걱정 마요."

그는 말이 끝나기가 무섭게 곧장 컴퓨터 앞으로 가더니 온라인으로 학교에 등록금을 보냈다. 그의 망설임 없는 태도가 고마웠다.

몇 달 후, 엄마는 오빠가 결혼한다고 알리면서 한국에 잠시 다녀가라고 했다. 나는 한국에 나가지 않았다. 축의금만 보내고 그걸로 내 의무는 마친 거라고 생각했다. 오빠가 이메일로 결혼식 사진을 한 장 보내왔다. 올케는 잡지에서 본 듯한 쌍꺼풀 진한 눈, 살짝 들린 코, 뾰족한 턱을 가진, 한마디로 성형미인 같은 여자였다. 일 년쯤 지나서 오빠에게서 연락이 왔다. 올케가 아들을 낳았다는 소식이었다. 나는 아이 옷 한 벌과 침대에 거는 모빌 하나를 사서 부치는 걸로 고모의 도리를 다했다고 생각했다. 그 후 엄마와는 일 년에 한두 번 어버이날과 생신 때 작은 소포를 보내드렸을 뿐 거의 연락도 없이 지냈다.

남편은 한마디로 일벌레였다. 일주일에 엿새 동안은 자기 세탁소에서 일하고 하루 쉬는 일요일마저 남의 세탁소 공장에서 셔츠 다림질을 하면서 잠시도 쉬지 않았다. 그러던 어느 날이었다. 늦게까지 일하고 돌아온 그에게 걱정이 되어 물었다.

"이러다 탈나는 거 아니에요? 사람이 어떻게 그렇게 일만 하고 살아요?"

그가 대답했다.

"괜찮아요. 아직 젊잖아요. 목표액만 달성하면 나도 주말엔 쉴 작정이에요."

"목표액이 얼만데요?"

"이십만 달러요."

이십만 달러? 이억 이천만 원? 내가 웃으면서 물었다.

"그 액수, 어떻게 계산된 거예요?"

"남들 잘사는 걸 봐도 부러워하지 않을 만큼의 액수. 나를 지키는데 필요한 돈이 그만큼이라 생각해요. 그러니까 좀 더 좋은 동네에서 방 세 개짜리 집 하나 사고 우리 두 사람 차 굴릴 수 있을 만큼의 돈, 그리고 아이들 기본 양육비. 그걸 충당하려면 적어도 그만큼이 필요해요. 물론 은행 융자도 받아야 하겠지만요."

그의 설명이 맘에 들었다. 신뢰가 갔다.

우리의 일상은 늘 같은 일의 반복이었다. 그는 운전을 해서 일찌감치 나를 학교에 데려다주고 세탁소로 향했다. 그리고 저녁에 세탁소 문을 닫고 다시 학교로 나를 데리러 왔다. 언어도 다르고 피부색도 다른 낯선 곳이었지만 행복했다. 나의 미래를 위해 기꺼이 자기의 시간과 돈을 투자해주는 남편을 만났다는 게 얼마나 감사한 일인가. 그래서일까. 미국 생활이 외롭긴 했어도 한국이 그리워 남들처럼 향수병을 앓거나 하진 않았다.

그의 생일이 되었다. 수업이 있는 날이었는데도 나는 학교에 가지 않고 집에서 쉬겠다고 했다. 그는 그러라고 하고 가게로 나갔다. 그가 나가자마자 전날 미리 사둔 식재료를 냉장고에서 꺼내 만두와 잡채, 김밥을 준비했다. 도시락을 만들어 그의 세탁소를 찾아갈 작정이었다. 그동안 남편은 한 번도 자기가 일하는 세탁소에 날 데리고 간 적이 없었다. 세탁소에 가보고 싶다고 할 때마다 오지 말라고 했다. 핑계는 늘 있었다. 학생이 공부를 해야지 세탁소엔 왜 오려고 하느냐, 세탁소가 좁아서 둘이 있기 불편하다, 내가 있으면 신경이 쓰여서 일을 못할 거다, 이 핑계 저 핑계 대면서 한 번도 데리고 가지 않았다. 하지만 그날은 물러설 수가 없었다. 안 데리고 가주면 나 혼자서 찾아가지 뭐. 그의 생일이니 깜짝쇼를 해주리라. 나는 집에서 가게까지 대중교통편으로 가는 길을 인터넷으로 검색했다. 한국 음식 냄새가 솔솔 올라오는 점심 도시락을 들고 버스와 지하철, 다시 버스를 갈아타고 드디어 목적지에 다다랐다.

동네는 한눈에도 위험한 곳이라는 걸 느낄 수 있었다. 벽에는 낙서가 즐비하고 유리창이 깨어진 건물이 수두룩했다. 버스에서 내렸을 때 경찰차가 여러 대 왱왱거리며 지나가고 있었는데 행인은 주로 흑인이었다. 그의 가게는 정거장에서 가까운 곳이라 찾기가 쉬웠다. 오 층짜리 낡은 벽돌건물 이 층에 자리하고 있었다. 대문자로 적힌 'CLEANER'라는 간판 밑에 작은 글씨로 'Hope'라는 글씨가 적혀 있었다. '세탁소'라는 글자가 큰 것에 비해 '희망'이 너무 작아서 세탁소의 이름은 그냥 '세탁소'인 것처럼 보였다. 무슨 세탁소 간판이 이래? 그리고 왜 이 층에 있어? 이런 생각을 하며 언짢은 마음으로 목조 계단을 올라갔다.

계단은 발걸음을 옮길 때마다 삐거덕 소리를 냈다. 계단은 모두 열여섯 개였다.

살며시 세탁소 문을 열고 들어간 나는 깜짝 놀랐다. 세탁소에 가려 할 때마다 거절하기에 깨끗하고 쾌적한 곳은 아닌 줄 알았다. 하지만 정말이지 이런 곳일 줄은 몰랐다. 손님이 기다리는 곳과 그가 일하는 공간 사이에는 일정한 간격으로 검은 쇠창살이 가로놓여 있었다. 쇠창살 안에 들어 있는 그는 감옥에 갇힌 죄수 혹은 동물원 우리에 갇힌 한 마리 짐승 같아 보였다. 이게 뭐지, 알 수 없는 광경 앞에서 나는 아득함을 느꼈다. 하마터면 손에 들고 있던 도시락을 떨어뜨릴 뻔했다. 그는 귀에 이어폰을 꽂아서인지 내가 들어서는 것을 알지 못한 채 다림질에 열중해 있었다. 셔츠 아래 드러난 그의 팔은 방앗간의 피댓줄처럼 긴장감으로 한껏 조여 있었다.

돌아갈까, 하다가 나는 그냥 거기서 기다리기로 했다. 어차피 언젠가는 내가 직면할 현실이란 생각이 들었기 때문이었다. 그에게 내가 왔다는 걸 어떻게 알리나 궁리하고 있는데 손님이 들어왔다. 덩치가 큰 흑인 손님이었다. 재봉틀에서 일어난 그의 눈이 나의 눈과 마주쳤다. 흠칫 놀란 표정을 짓더니 얼굴이 벌게졌다. 그는 바로 손님 쪽으로 얼굴을 돌렸다. 손님이 쇠창살 사이로 번호표와 구겨진 지폐를 내밀었다. 그것을 받아든 그는 돈은 현금 통에 집어넣고 레일의 버튼을 눌렀다. 레일은 그가 서 있는 앞쪽에서부터 뒷문 쪽 높은 천장을 향해 사선으로 매달려 있었다. 조금이라도 옷을 더 많이 걸기 위해 고안해낸 디자인 같았다. 레일이 움직이자 셔츠며 양복이며 옷걸이에 걸린 옷들이 사선으로 내려왔다가 천장 쪽으로 U자를 그리며 도로 올라갔다. 윗도리가 많아서 그런지 목 없는 사람들이 언덕길에서 오르락내리락 하는 것처럼 보였다. 번호표를 들여다보던 그가 버튼을 눌렀고 어느 순간 옷의 행렬이 멈추었다. 그중 양복 한 벌을 내려 쇠창살 사이로 내밀자 손님은 조심스레 옷을 빼내어 갔다. 옷을 받아든 손님이 "땡큐" 했고 남편도 "땡큐. 해브 어 굿 데이" 했다. 손님이 나가고 나서야 그가 벽 가까이에 있는 쇠문을 따주면서 내게 말했다.

"오느라고 힘들었지요? 우리 와이프, 용감하네. 여기가 어디라고. 어서 들어와요."

어느새 남편의 얼굴은 많이 풀어져 있었다.

나는 후들거리는 다리를 간신히 옮기며 태연한 표정을 지으려고 애썼다.

"오늘 당신 생일이잖아요. 같이 점심 먹으려고요."

나는 낡은 탁자 위에 도시락을 올려놓았다.

"고마워요."

그가 짧게 웃었다. 그 어느 때보다 크게 활짝 입을 벌려 웃는 모습이 억지스러워 보였다. 그는 내가 펼쳐놓은 음식들을 하나

하나 음미하듯 먹으면서 감탄을 연발하였다. 맛있어, 정말 맛있어! 그의 말에 과장이 느껴져 어깨가 자꾸 움츠러들었다. 그가 벗어놓은 이어폰에서 그가 듣고 있던 음악이 새어나왔다. 슈베르트의 아베마리아였다. 눈물이 나올 만큼 아름다운 곡이었다. 식사를 마치고 나는 먼저 집으로 돌아왔다. 갈아탈 때 엉뚱한 곳으로 가는 버스를 타서 다시 되돌아오는 실수를 범하기도 했다.

저녁 식사가 끝난 후 그가 커피를 끓였다. 향기가 집 안에 퍼졌다. 콧등에서 이마까지 뻗어 있던 신경 줄이 화악 뚫리는 것 같았다. 그가 커피를 한 모금 들이켜더니 입을 열었다.

"가게가 너무 험한 곳에 있어서 놀랐죠? 선택의 여지가 없었어요. 바로 전 주인도 한국 사람이었는데 그 사람이 그러대요. 돈은 잘 벌리는데 그게 목숨 값이야. 강도한테 총 맞고 하마터면 죽을 뻔했다 하더군요. 아내가 그만두라고 할 때 그만두었어야 했는데 아들이 대학 졸업할 때까지만 하자, 하다가 사고를 당했다고 하더군요. 사람이 장사할 데가 못돼. 그래도 하겠나? 하고 묻더군요. 그래도 해야겠다고 생각했어요."

나는 아무 말도 하지 않았다. 하지만 그는 내가 "돈 벌 데가 거기밖에 없었어요?"라고 묻기라도 한 것처럼 설명을 덧붙였다.

"돈이 없으면, 평생 사람처럼 못 살 것 같아서 두려웠어요. 그래서 죽기 살기로 돈을 벌려고 거길 택한 거예요. 위험한 곳이라

경쟁이 없었거든요. 물론, 당시 적은 자본금으로 살 수 있는 거의 유일한 세탁소이기도 했고요."

언젠가 읽은 존 스타인벡의 단편소설이 떠올랐다. 〈국화〉. 국화를 가꾸는 데에만 전념하는 낭만적인 농장 여주인과 냄비 하나라도 때워서 돈을 벌지 않으면 안 되는 가난한 땜장이 남자. 왜 그때 나는 국화 가꾸는 여자 편에만 서서 국화를 길바닥에 내동댕이친 땜장이를 욕하는 것으로 감상을 마감했을까. 문득 우리 집 곳곳에 놓인, 내가 한국에서 들고 온 추억의 물건들이 눈에 들어왔다. 학창 시절 시화전에 낸 액자, 수학여행지에서 가지고 온 단풍잎 말린 것과 바닷가의 돌멩이, 중학교 미술 시간에 만들었던 나무 상자, 시집과 소설책……. 왜 나는 생활에 필요한 생필품을 갖고 올 생각은 안 하고 이런 추억거리만 잔뜩 가지고 온 것일까. 죽기 살기로 목숨 걸고 돈을 버는 그가 내 이민 가방에서 이런 것들을 처음 발견했을 때 어떤 기분이 들었을까. 얼굴이 화끈거렸다.

그 후 나는 그의 세탁소를 찾아가지 않았다. 다만 그가 집에 돌아올 시간이면 그가 좋아하는 찌개를 정성껏 끓여놓고 그가 즐겨 듣는 슈베르트나 베토벤, 브루흐나 베르디를 틀어놓고 그를 맞이했다.

방학 동안 나는 남편 몰래 우리 동네 대형 슈퍼마켓 옆에 붙은 세탁소를 찾아갔다. 시카고 세탁소 대부분이 그러하듯 그곳 주인 할머니도 한국 사람이었다. 원래 시카고 주변의 세탁소는 유태인들이 했지만 돈을 벌고 다른 업종으로 옮겨가자 그들이 하던 가게를 거의 다 한국 사람들이 물려받았다고 한다. 할머니는 언뜻 보기에도 꽤 도수가 높아 보이는 두꺼운 돋보기를 콧등에 걸친 채 바느질을 하고 있었다. 수선 일을 가르쳐달라고 부탁하자 할머니는 특별한 조건 없이 기꺼이 가르쳐주겠다고 했다. 한국에서 수학 선생님을 하셨다는 할머니는 이민 와서 삼십 년 넘게 재봉질을 하며 세탁소를 운영해왔다고 했다. 이젠 눈이 아파서 더 일하기 힘들다며 곧 은퇴할 계획이라면서 그동안 익힌 기술을 다 가르쳐줄 테니 매일 나오라고 했다.

재봉질은 결코 쉽지 않았다. 중고등학교 시절 가사 시간에 재봉틀에 몇 번 앉아본 것 외에는 경험이 없었다. 그래서인지 단 줄이고 늘이는 거 배우는 데만 이 주, 단추 구멍 만드는 데는 거의 삼 주가 걸렸다. 어깨를 고치는 기술은 거의 사 주가 걸렸다. 손목이 아프고 팔이 저려왔지만 참았다. 남편이 매일 하는 일, 하루에 열두 시간씩 하는 일, 내가 못할 게 뭐란 말인가. 진도는 느렸지만 열심히 했다. 여름 방학이 다 끝나갈 즈음이었다. 할머니는 이제 그만하면 일선에 나가도 되겠다고 하면서 처음 세탁소를 시작할 때 쓰다가 지금은 창고에 넣어둔 재봉틀을 공짜로 가져가도 좋다고 했다.

집에 돌아온 그가 부엌 옆에 놓인 재봉틀을 보고 이게 뭐냐고 물었다.

"앞으론 수선 일 있으면 혼자 하지 말고 집으로도 가져와요. 나도 할 수 있어요."

그가 눈을 둥그렇게 뜨고 말했다.

"혜진 씨 바느질할 줄 알아요?"

"그럼요. 손님들이 불평하지 않을 정도는 돼요. 앞으로 꼭 집으로 일감 가지고 와요. 내가 얼마나 바느질 잘하는지 보여주고 싶어서 그래요."

그가 나를 안았다. 그의 몸에서 땀에 젖은 나무 냄새가 났다.

그는 마침내, 그의 표현대로라면 남을 부러워하지 않을 수 있을 만한 혹은 자신을 지킬 수 있는 만큼의 재산, 이십만 달러를 모았다. 전에 하던 세탁소는 헐값에 그 동네 토박이에게 넘겨주고 집에서 그리 멀지 않은 안전한 동네에 위치한 세탁소를 하나 샀다. 수입은 줄었지만 권총 강도의 위험은 없었다. 그리고 내가 원하면 언제든 편안한 마음으로 세탁소에 들러도 된다는 장점이 있었다. 일감이 많아 보이면 세탁소에서 밤늦게까지 수선 일을 돕기도 했다.

미국 생활 육 년째에 접어들었을 때 나는 이중 언어교사 자격증을 따게 되었다. 그 자격증으로 시카고 근교의 초등학교 두 군데를 다니며 한국에서 갓 이민 온 학생들에게 영어를 가르치는 교사 일을 하게 되었다. 한국에서와는 달리 아이들은 나를 잘 따랐다. 학생들뿐만 아니라 학부형들도 미국 학교에서 유의할 점, 친구 사귀는 법, 학습 교재 선택 등으로 내게 상담을 요청했다. 학기가 끝날 즈음에 그들은 예쁘게 포장한 초콜릿이나 작은 선물을 수줍은 얼굴로 내게 내밀었다. 그들은 나의 도움이 필요했고 나 역시 그들을 도울 수 있다는 게 기뻤다. 그사이 나는 남편과 나를 반반씩 닮은 딸아이의 엄마가 되어 있었다.

슈퍼마켓 이모는 엄마가 돌아가셨다는 연락을 받고 사이다며 음료수가 잔뜩 든 봉지를 양손에 들고 곧장 달려왔다. 오빠는 염하는 사람이 전화를 안 받는다며 직접 찾아가겠다며 나갔고 올케는 아무래도 시장을 다녀와야겠다며 나간 직후라 이모를 맞이한 사람은 나뿐이었다.

이모는 엄마의 시신 앞에서 한참 울더니 내 손을 덥석 잡았다.

"혜진아, 잘 왔다. 잘 왔어. 형님 눈 감기 전에 네가 도착했으니 얼마나 다행한 일이냐."

나는 이모에게 휴지를 내밀며 물어보았다.

"심하게 아프신 건 얼마 전부터였나요?"

이모는 눈물을 닦는 둥 마는 둥 하더니 코를 훌쩍거리면서 대답했다.

"열흘 전부터는 네 엄마가 아예 거동을 못하셨다. 혼자 밤에 화장실 갔다가 바닥에 미끄러진 후로 일어나지 못하고 계속 누워 있게 된 거지. 응급실에 실려 갔는데 병원에서도 어떻게 해볼 도리 없다 해서 그냥 편히 계시다 가라고 집으로 모시고 온 거야."

"열흘이나 됐다면서 진작 연락 좀 주지 그러셨어요."

"그러게 말이다. 내 진작 너한테 전화부터 하려고 했는 데……."

갑자기 잔뜩 목소리를 낮춘 이모는 사방을 두리번거렸다. 혹시 누가 엿들을까 봐 조심하는 것 같았다. 무슨 비밀이 있구나 싶었다.

"아무래도 말이다. 네 오빠랑 올케가 이번에 널 부를 마음이 없었던 것 같아."

"설마요. 엄마하고 사이가 별로 안 좋았던 건 사실이지만 그래도 내가 딸인데요."

"그러게. 너무 늑장을 부리기에 그 두 사람 다 있는 자리에서 내가 혜진이한테 기별하랴, 하고 말을 건네봤다. 그랬더니 네 올케가 가족 일은 가족들이 알아서 할 테니 이모는 끼지 마세요, 그러는 거야."

"오빠는요? 그 말에 오빠는 가만 있었어요?"

"그럼, 가만 있었지. 네 오빠 장가들고 나서 올케한테 꽉 쥐여 살아서 올케가 뭐라 하면 토를 안 달아. 네 전화번호는 내가 잘 적어두었으니 연락을 하라면 하겠는데 내가 친 가족은 아니니까 그런 말 듣고 얼른 나서지는 못하겠더라고."

"그럼, 그저께는 왜 내게 오라고 연락을 했을까요?"

"그게 다 내 공이다. 나 아니었으면 너 여기 못 올 뻔했다."

도무지 알 수 없는 소리였다. 이모는 한숨을 길게 내쉬더니 다시 이야기를 이어나갔다.

"그저께 아침에 네 올케랑 오빠가 외출하는 것 같기에 잠시 가게 문을 닫고 여길 들렀다. 형님 얼굴 보고 싶기도 하고 아무도 없는 데서 세상 떠나면 안 될 것 같기도 해서. 의사가 이삼 일 버티기도 힘들 거라 했는데 벌써 일주일이 지났거든. 혼수상태로 안방에 홀로 누워 있는 형님을 보니 측은해지더라고. 그래서 물수건으로 형님 얼굴도 닦아주고 하면서 내가 혼잣말처럼 중얼거렸지. 형님, 이제 이 땅에 미련 더 갖지 말고 떠나시는 게 좋겠소. 고생 그만큼 했음 됐지, 뭔 고생을 더 하고 싶어서 아직 숨을 안 거두는 거요? 그랬더니 글쎄, 네 엄마 눈에서 눈물이 주르륵 흐르는 거야. 내가 얼마나 놀랐겠냐. 그때 퍼뜩 사람이 갈 때가 되어서는 딴 데는 몰라도 청각은 살아 있단 말이 생각나더라고. 그래서 물었지. 혜진이 얼굴 보고 싶어서 그러고 기다리고 있는 거요, 했더니, 아 글쎄 갑자기 무슨 한이 맺힌 사람처럼 가슴을 들썩거리면서 으으으 소리를 내는 거야. 숨을 마구 헐떡거리기에 내가 알았다고 손으로 가슴을 한참 쓸어주고서야 진정을 하더라니까. 잠시 후에 또박또박 물어봤지. 형님, 혜진이 오라고 부를까요? 그랬더니 글쎄 이번에는 고개까지 끄덕 하더라니까. 손가락 하나 까딱 못하던 양반이 무슨 힘으로 고개까지 끄덕이는지⋯⋯. 아이고야, 그때서야 왜 숨을 안 거두고 있는지 그 이유를 알겠더라고. 그래서 당장 네 오빠를 만났지. 혜진이 얼굴 보기 전에는 숨을 안 거둘 것 같다고, 내가 듣고 본 바를 그대로 말했지. 네 오빠가 긴가민가하면서도 내 말을 영 무시 못하겠던지 너한테 연락을 한 거다."

"오빤 왜 그 전까지 연락을 안 하려 한 거예요?"

"그러게. 그 속을 내가 어찌 다 알겠냐. 근데 말이다. 이런 말 하긴 뭣 하다만, 내 직감이 맞다면 말이다. 아무래도⋯⋯."

이모는 다시 한 번 사방을 두리번거리더니 내 쪽으로 얼굴을 바짝 대고 귓속말이라도 하듯 속삭였다.

"⋯⋯재산 문제가 아닌가 싶구나."

"재산 문제요? 유산 말씀이세요?"

"그래. 점포는 네 오빠 명의로 바꾸고 얼마 안 되어 남의 손에 넘어간 지 오래니까 말할 게 못 되고. 지금 살고 있는 이 집은 네 엄마 명의로 되어 있거든. 법대로 하면 이 집은 너랑 진성이 둘이서 나눠 가져야 하는데 말이다. 진성이가 너 몰래 자기 이름으로 명의이전을 하려고 그러지 않았나 싶다. 그러자면 시간이 필요했을 테니까. 그게 아니라면 너한테 연락 안 할 이유가 없지 않냐?"

"그건 법에 걸리는 거 아니에요?"

나도 모르게 목소리가 커졌다.

"물론 법에 걸리지. 그리고 가족이 그런 식으로 사기 치면 이 년 안에 소송해서 다시 돌려받을 수도 있어. 근데 우리나라 사람들이 별로 그렇게 안 해. 그런 데다가 네가 이제까지 늘 착하게 양보하면서 살았잖아. 그러니 설마 네가 오빠를 고소하겠는가, 그리 생각하는 거지."

내가 늘 착하게 양보하면서 살았다고? 이모도 날 그렇게 이해하고 있나?

"설마요……"

"설마라니? 내가 몇 날 며칠 고민해서 얻은 결론이다. 두고 봐라. 내 말이 맞나 틀리나. 조만간 네 오빠나 올케가 대놓고 너한테 이 집 포기각서에 도장 찍어달라고 할 거다. 생각 잘 해서 찍어라. 아, 그리고 네 통장에서 형님이 빌려 쓴 돈은 계 타서 바로 다시 채워놨다. 통장은 네 오빠나 올케 둘 중 한 사람이 갖고 있을 테니 달라고 하면 될 테고. 아무튼, 정신 바짝 차리고 네 몫은 네가 챙겨라."

"오빠 가게가 잘 안 되나요?"

"응. 잘 안 돼. 네 오빠 가게뿐만 아니라 요즘 한국에서 잘되는 가게 별로 없다. 불경기야. 하지만 초등학생 아들을 필리핀으로 어학 연수까지 보낸 거 보면 영 돈이 없는 것도 아닌 것 같아."

"어학 연수요?"

"그래. 솔직히 그 어린 녀석이 뭔 연수가 필요하겠냐? 없다 없다 해도 그래도 움켜쥐고 뗄 돈이 있으니까 어린 자식 연수 보낸 거 아니겠냐? 안 그래? 그러니 괜스레 마음 약해지지 말고 마음 단단히 먹어라. 알겠지?"

우애가 좋은 형제자매라도 부모상을 당하고 나면 유산 문제로 싸운다는 소릴 듣긴 했는데 그런 일이 우리 집에서도 일어나다니. 실감이 안 나기도 해서 나는 화제를 돌렸다.

"나 미국 가고 나서 엄만 어떻게 지내셨어요? 오빠가 엄마 잘 보살펴드렸지요?"

오빠만 떠받들며 키웠으니 엄마를 오죽 잘 모셨을까, 물어보나마나 한 일이라 생각하면서도 그냥 물어본 거였다. 그런데 이모는 갑자기 자기 손으로 가슴을 툭툭 치면서 무거운 한숨을 푸욱 내쉬었다.

"단도직입적으로 말하마. 네 엄마 한 달 용돈 얼마였는지 아나?"

용돈? 용돈이라면 늘 엄마가 우리에게 주는 것이었는데 그 전과는 상황이 많이 달라졌나 보네.

"얼마였는데요?"

"삼만 원이었다."

"삼만 원요? 한 달 용돈으로요?"

일주일 용돈도 아니고 한 달 용돈으로 삼만 원을 받으셨다고?

"삼만 원이면 노인네들 교통비하고 갈증 날 때 음료수 하나 사마시면 끝인 돈이다. 우리 동네 노인네들 모두 문화센터 다니는 데 등록금이 얼만 줄 아니? 노래도 체조도 배워주고 하는데 한 달에 오만 원이야. 동네 노인네들 다 다니는데 네 엄마만 못다녔다."

"왜요?"

"왜긴 왜야? 돈이 없어서 못 다녔지. 언젠가 형님이 자기만 안 다니니까 안 되겠다 싶어서 네 올케한테 용돈 좀 올려달라고 했다가 뭔 소릴 들었는지 아냐?"

이모는 흥분했는지 목소리가 한층 높아졌다.

"나이 든 사람이 바람이 났느냐, 늙은 노인네가 이제 와서 뭘 배우겠다고 나가느냐, 아들 며느리 흉보러 나가는 거 아니냐, 하도 야단을 치고 망신을 주는 바람에 다시는 돈 얘기 꺼내지도 못했다. 아무튼 그 잘난 돈 몇 만 원이 없어서 문화센터 못 가고 방구석에 혼자 쭈그리고 앉아 있다가 노인네들 문화센터 끝나고 경로당 모이는 시간 되면 그때서야 경로당으로 직접 가곤 했다. 어찌나 불쌍하던지. 옆에서 보기 딱할 정도였어."

"오빠는요? 오빠는 엄마가 그렇게 당하는 거 지켜보면서 뭐

하고 있었대요?"

"네 오빠는 네 올케 들어오고 나서 충견같이 딱 붙어서 올케가 시키는 대로만 하고 살더라. 너도 알다시피 진성이야 본시 약하고 무르게 태어난 놈 아니냐. 자기 엄마가 그리 당하는데도 아무 소리 못하더라. 하긴 진성이 같은 놈이 그리 드센 여자하고 붙어서 어떻게 이기겠냐? 그냥 가만 있는 수밖에 더 있냐?"

그렇게 말하고 이모는 가지고 온 사이다를 한 병 따서 나도 한 컵 주고 이모도 따라 마셨다. 이모는 기운이 좀 나는지 다시 입을 열었다.

"혜진아, 너는 잘살고 있는 거지?"

나는 고개를 끄덕였다.

"네. 잘살고 있어요."

"그래. 잘살면 됐다. 그리고 이젠 다 소용없는 말인지는 모르지만 네 엄마, 너무 원망하지 마라. 너랑 오빠랑 차별하며 키운 데는 다 사연이 있었던 모양이다."

나도 몰래 헛웃음이 흘러나왔다.

"그 사연이야 저도 잘 알지요. 딸은 시집가면 그만이고 노후에 엄마 모시고 살 사람은 아들이라서 진성이 오빠만 좋아하셨던 거잖아요. 그리고 점쟁이가 이상한 말을 해서 내가 차별받고 자란 거잖아요."

나는 확신에 찬 어투로 말했다.

"그래 그 말도 맞다. 나도 처음엔 그게 전분 줄 알았다."

이건 무슨 말이지? 그럼 다른 이야기가 또 있단 말인가? 이모는 흘낏 엄마의 시신을 보더니 다시 눈시울이 붉어졌다. 이모는 손등으로 눈물을 훔치고는 다시 말을 이었다.

"형님 말 들어보니 우리가 알고 있는 그것만이 전부가 아니었던가 보더라."

나는 신경을 곤두세운 채 이모의 다음 말에 귀를 기울였다.

"네 엄마도 자랄 때 삼대독자 남동생한테 치여서 사람 취급도 못 받고 마음에 상처 많이 받았다 하더라."

엄마가? 한 번도 그런 말씀 없으셨는데…….

"부모님이 아들 생일이면 돼지 잡고 온 동네에 떡 돌리고 하면서 형님은 생일이 돼도 딸이라고 미역국 한번 제대로 안 끓여 줬다 하더구나. 그래서 쌍둥이로 너랑 진성일 낳았을 때 자기는 아들 딸 차별 없이 똑같이 키우겠다고 다짐에 다짐을 거듭했다 하더라."

엄마가? 믿을 수가 없었다.

"작명소에서 진성이 이름이랑 네 이름이랑 똑같이 거금 십만 원씩 주고 지은 것도 다 그런 마음 때문이었지."

작명소에서 내 이름도 돈 주고 지었다는 이야기는 나도 들은 적 있다. 하지만 "이년 이름 짓느라고 내가 작명소에 돈 갖다준 걸 생각하면"이란 말을 할 때 엄마는 늘 화가 나 있었다. 그런 좋은 의도가 숨어 있으리라곤 상상도 하지 않았다. 어쨌거나 엄마가 처음부터 오빠랑 날 차별한 게 아니었다고? 나는 이모의 다음 말이 몹시 궁금해졌다. 이모의 말은 계속되었다.

"네가 태어나면서부터 어찌나 똑똑하던지 유치원 때 소풍 가서 노래를 잘 불러서 일등상을 탄 적이 있었대. 상품으로 하모니카를 타왔는데 진성이가 그걸 뺏어 놀다가 웅덩이에 빠뜨렸단다. 그걸 알게 된 형님이 벌주려고 광에 가둔 일이 있었다는구나."

그런 일이 있었나? 어렸을 때 일이라 그런지 전혀 기억에 없다. 오빠 본인은 이 사실을 알고 있을까? 아마 모를지도 모른다. 아무에게서도 이런 말을 들어본 적이 없다.

"네 아버지 돌아가시고 자식들이 아비가 없어서 버릇없이 자랐다는 소리 들을까 봐 네 엄마가 엄하게 너희를 키우고 있을 때였다. 그래서 호되게 벌줄 요량으로 진성일 광에 가둔 거지. 몇 시간 지나서 저녁 먹으라고 광문을 열고 보니 글쎄 진성이가 머리에 피를 흘리면서 거품을 물고 쓰러져 있었다는 거야. 옛날에는 광 속에 쥐나 박쥐가 살고 있었거든. 어둡기도 했지만 짐승들이 왔다 갔다 하니까 놀라서 이리저리 피하다가 기둥에 머리를 받았나 봐. 나중에 보니 기둥에 박힌 대못에 피가 묻어 있었다고 하더구나. 그 후로 뇌에 문제가 생겼는지 무슨 자극을 받으면 몸을 떨고 집중해야 할 때 멍해지는 증세가 생겼나 보더라고."

그러고 보니 오빠 학교 다닐 때 걸핏하면 양호실에 누워 있곤
했다. 오빠의 그런 모습을 자주 봐서 그런지 원래 약하게 태어나
서 그런가 보다, 막연히 그렇게만 생각했다. 머리를 다쳐서 그런
거라는 건 전혀 짐작도 못했던 일이다.

"네 엄마 맘이 어땠겠냐. 답답한 마음에 어느 날 용한 점쟁이
가 있다 해서 거길 찾아간 모양이야. 점쟁이가 한 말은 너도 잘
알고 있지?"

나는 고개를 끄덕였다.

"작년인가 재작년인가. 네 엄마가 어느 날 내게 고백을 하더
라. 사실 자긴 그 점쟁이 말을 정말 믿었던 게 아니라고."

"네?"

나는 이모의 얼굴을 똑바로 보았다. 그리고 누워 있는 엄마를
보았다. 엄마의 얼굴은 이제 푸르다 못해 거의 흙빛에 가까워져
있었다.

"자기 배 아파서 낳은 자식을 그렇게 망쳐버린 어미는 사람
도 아니라고, 남들은 자식에게 하나라도 더 좋은 걸 주려고 하는
데 자기는 어쩌다 자식을 광에 가두어서 저 지경으로 만들었는
지 차라리 혀 깨물고 죽고 싶은 마음 든 게 한두 번이 아니었다
고 하더라. 그래도 너희들 고아 만들기 싫어서 못 죽고 살아남았
다는 거야. 그러다 점쟁이가 아들이 잘못된 건 딸애가 아들 복을
뺏어가서 그리 된 거라는 소릴 듣고 그만 그 말이 믿고 싶어졌다

하더라."

믿고 싶어졌다고?

"넌 이 말이 이해하기 힘들겠지만 난 이해한다. 내가 산전수전
다 겪어본 사람이라서 그렇기도 하지만 나이가 이만큼 되니까
이해 못 할 일이 없어지더라. 너도 장차 이해하게 될 거다. 네가
아직 젊어서 네 엄마 마음 이해하기 힘들지?"

이모의 짐작대로 엄마가 전적으로 이해되는 것은 아니었다.
내가 물었다.

"근데 엄만 왜 이런 말을 한 번도 안 하셨던 걸까요?"

이모가 잠시 뜸을 들이시더니 측은한 눈길로 엄마 쪽을 다시
한 번 쳐다보더니 이렇게 말했다.

"너무 괴로운 일은 입 밖에 안 내고 싶은 법이다. 형님은 아들
을 병들게 만든 일을 입 밖으로 내면 그 일이 다시 생생히 살아
나니까 간신히 다잡은 마음 또 힘들어질까 봐 이야길 못했던 걸
거다. 그 일은 없었던 일로 생각하고 싶었던 게지. 그러다 언제
쓰러질지 모른다는 의사 말을 듣고 정신이 번쩍 들었나 보더라.
죽을 때가 가까운 것 같으니까 이 세상에 단 한 사람에겐 그 말
을 하고 싶었던 거고. 그래서 내게 말한 걸 게야.

어쨌거나 네 엄마가 너한테 잘못한 게 많아 너무 미안하다고,
이 죄를 어떻게 하냐고 하면서 몇 번이나 내 앞에서 우셨다. 너
한테 미안하다는 말 못하고 죽으면 어떡하나, 그 소린 백 번도

더 했고…….”

미안하단 말을 하고 싶어 했다고요?

아까 엄마가 숨을 거둔 후에 내가 들었던 ‘미안하다’는 말이 정말 환청이 아니었다는 생각이 다시 한 번 스쳤다.

한숨만 내쉬던 이모의 표정이 갑자기 밝아졌다.

“혜진아. 형님이 자주 이런 말도 했다. 우리 딸이 내게 이리 효도를 할 줄 몰랐다고 네 칭찬 두고두고 했다.”

이건 또 무슨 소리? 내가 효도를 하다니. 나 정말 효도한 거 없는데. 엄마한테 용돈도 안 부쳐드렸고 전화도 거의 안 드렸는데…….

“전 효도한 게 없는데요.”

내가 그렇게 말하자 이모가 미소를 지으면서 내 등을 토닥거려주었다.

“형님이 네가 보낸 미국 옷들 얼마나 좋아하셨는지 아니?”

“미국 옷을요?”

“그래.”

그럼 수선해서 보내드린 그 옷들을 말하는 걸까?

“형님 말년에 그 옷들 자랑하는 맛에 사셨다 해도 과언이 아니다. 네가 진짜 효도한 거다. 네가 그 옷들 안 부쳐줬으면 형님이 뭔 재미로 살았을까 싶다. 그래도 딸이 효도하니까 경로당만큼은 당당히 나갈 수 있었던 거지. 경로당이라는 데가 말이다.

아들 자랑 딸 자랑 하는 데거든."

어이가 없었다. 내가 보낸 옷들이 어떤 옷이었는데……. 가슴이 먹먹해졌다.

세탁소에 맡겨놓고 손님들이 일 년 넘게 찾아가지 않은 옷은 갖다버려도 그만이었다. 그런 옷 중에 고가품으로 보이고 상태가 깨끗한 옷을 말끔히 수선해서 엄마에게 보내드렸다. 사실 학창시절 엄마 내복 선물 사건 이후 다시는 엄마에게 선물 같은 건 안 하려고 결심했다. 그런데 남편이 양가 부모님 중 장모님 한 분 외에는 살아 계신 분이 없으니 잘하라고 해서 어버이날이나 생신 때 옷을 수선해서 보낸 것이었다. 어차피 내가 보내드린 건 쓰레기 취급할 테니 내가 손품 판 것 외에는 밑천 들인 게 없는 중고 옷이야 안 입으셔도 그만이란 생각으로 보내드렸는데 그 옷들을 그리 좋아하셨다니.

이모는 즐거운 표정을 지으며 이야기를 이어갔다.

"아, 그러다가 경로당 어르신들 수의계 드는 데도 형님 빠지겠다고 해서 내가 막 잔소리하다가 그만 두 손 두 발 다 들고 형님 마음대로 하시오, 했다."

"수의계요?"

그런 것도 있나?

"장례 치를 때 안 그래도 돈 많이 드는데 자식들 부담 조금이라도 덜어주려고 우리 나이 되면 수의계라는 걸 하거든."

갑자기 이모는 자리에서 벌떡 일어나더니 장롱에서 보자기에 싸인 것을 꺼내 펼쳐 보였다.

"봐라. 이게 우리 형님 입고 가실 수의다."

나는 두 눈을 의심했다. 눈에 익은 이 원피스. 작년 어버이날에 보내드린 옷. 가장 최근에 보내드린 옷이기도 하지만 덩치 큰 백인 손님이 입던 옷이라 소매며 칼라며 허리 품이며 안 고친 데가 없어 잊으려 해도 잊을 수 없는 옷이다. 그런데 이 옷을 엄마가 수의로 입고 저세상에 가다니. 이건 아니다. 이건 아니야. 이럴 순 없어! 수의의 정체를 파악한 나는 그만 소리를 질렀다.

"이 옷은 안 돼요! 이 옷 말고 딴 옷 없어요?"

나의 신경질적인 반응을 이모는 덤덤히 받아들였다.

"흥분하지 마라. 나도 첨엔 너랑 같은 생각이었다. 형님이 이옷을 보더니 이건 수의하면 딱 맞겠어, 하면서 도로 개켜놓기에 내가 말했다. 형님, 이건 아닙니다. 모시도 삼베도 아닌 비단인데다가 모양새도 이건 보나마나 서양 사람들 파티복인데 이런 걸로 수의한다 하면 지나가던 개도 웃어요. 암만 말려도 소용없었다. 딸아이가 효도하려고 비싼 돈 들여 보내준 옷보다 더 좋은 수의가 어디 있겠냐고 하더라. 내가 좋아서 저세상 가는 길에 입고 가겠다는데 남들이 무슨 말을 하겠느냐면서 꼭 그 옷 아니면 안 되겠다고 그리 고집을 부리셨다. 그러니 어떡하니. 이걸 입고 가시는 게 소원이라 했는데 죽은 사람 다시 불러내서 마음 바꾸시라 할 수도 없고. 그냥 이 옷 입혀드리자. 그게 우리가 지금 할 수 있는 최선이다."

기가 막혔다. 어쩌자고 나는 엄마에게 이런 중고 옷을 보낼 생각을 했던 것일까. 후회막심이었다. 이모는 그 원피스가 무슨 보물이라도 되는 양 곱게 다시 개켜서 엄마 시신 옆에 모셔두었다.

밤 아홉 시가 넘어서야 염하는 노인이 오빠와 함께 왔다. 검은 관도 따라 들어왔다. 올케도 시장바구니에 뭔가를 잔뜩 담고 들어오더니 곧장 부엌으로 향했다. 하얀 한복 두루마기를 입고 온 노인은 단정히 무릎을 꿇고 엄마의 몸을 닦기 시작했다. 닦기를 마치자 이모는 염하는 분에게 수의를 펼쳐 보였다. 염하는 분은 잠시 뜨악한 표정으로 그 옷을 보다가 아무 말 없이 옷을 갈아입혔다. 원래 외출복으로 만든 것이어서 수의는 몸에 꼭 끼어 보였다. 엄마는 그렇게 얼굴 한번 본 적 없는 미국 사람이 입던 옷을 입고 관 속에 누우셨다. 올케는 엄마가 입고 있던 낡은 원피스를 마당에 가지고 나가 불에 태웠다. 허연 재가 밤하늘을 향해 날아올랐다. 내 가슴 밑바닥에서부터 붉은 흙탕물 같은 것이 꺼이꺼이 목구멍으로 올라오기 시작했다.

삼일장 마지막 날이었다. 손님들의 발길도 뜸해질 즈음, 세련된 양복 차림의 중년 남자가 서류 가방을 들고 찾아왔다. 오빠와 올케는 그를 변호사라고 소개하면서 자기들 방으로 안내했다. 나도 따라 들어오라고 했다. 변호사는 상 위에 서류를 펼쳐놓았다. 군데군데 내 이름이 적혀 있는 곳 옆에 빈 칸이 있었다. 오빠가 흠흠, 헛기침을 하더니 손가락으로 빈 칸을 가리켰다.

"여기에 네 인감 좀 찍어라."

"내 인감을 왜?"

올케가 끼어들었다.

"일일이 다 설명하려면 좀 그렇긴 한데……. 요약하자면, 사실 어머님이 남겨두신 게 얼마 없어요. 뭐, 유산이라고 해봤자 이 집 하난데 이것도 저당 잡혀 있는 상태라 고모랑 뭐 나누고 할 것도 없어요. 그냥 여기 포기각서에 도장만 찍어 주시면 변호사님과 의논해서 저희가 상속세니 뭐니 귀찮은 일은 다 알아서 할 거예요."

정신 바짝 차리고 네 몫은 네가 챙겨라, 당부하던 이모의 말이 떠올랐다. 나는 잠시 생각을 하다가 이렇게 대답했다.

"저도 이제 결혼한 사람이잖아요. 남편하고 먼저 상의해볼게요."

변호사가 우리 세 사람의 눈치를 살피더니 서류를 다시 가방에 넣고 일어섰다.

"아직 의논이 안 된 모양인데 결정하는 대로 다시 연락주세요."

그가 떠나자 우리 세 사람 사이엔 잠시 침묵이 흘렀다. 그 침묵을 깬 건 나였다.

"오빠. 이왕 말이 나왔으니까 물어볼게. 내가 시집갈 때 엄마한테 통장을 맡겨뒀거든. 그 통장 지금 누가 갖고 있어? 그건 내 거니까 이번에 찾아가려고 해."

올케가 샐쭉한 표정으로 하고 다시 끼어들었다.

"그 통장 지금 내가 갖고 있어요. 근데요, 이런 상황에서 이런 말 하긴 좀 뭣하지만, 그 돈 고모에게 돌려줄 수 없어요."

"뭐라고요?"

"고모 미국으로 이민 간 후에 어머님 계속 아프셨어요. 당뇨며 심장병으로 고생하시는 양반, 저희가 돌보느라 의료보험비며 약값이며 정말 돈 많이 들었어요. 우리가 어머님 모시고 병원 다닐 때 고모는 뭐 하셨어요? 아무것도 안 하셨잖아요. 그러니까 고모가 통장에 든 돈 돌려달라고 말할 자격 없어요. 그리고 이 집만 해도 그래요. 이 집은 어머님 집이니까 자식이 물려받는 게 당연하죠. 하지만 사실 고모가 우리 가족이라고 말할 수 있나요? 우리 결혼식에도 안 오셨잖아요. 우리 애 태어났을 때도 옷 한 벌, 모빌 하나 달랑 보내고 그만이셨잖아요. 그래놓고 이제 와서 어떻게 가족이라고 주장할 수 있어요? 안 그래도 골치 아픈 일 많은데 고모까지 이 문제로 우리 신경 쓰게 하지 말았으면 좋겠어요."

올케는 앙칼진 목소리로 말도 안 되는 소리를 내뱉었다. 우리 애 태어났을 때 저는 카드 한 장 안 보냈으면서. 할 말은 많았지만 참았다. 그럼 엄마 돌아가실 줄 뻔히 알면서도 날 안 부른 이유가 재산을 다 가로채기 위한 거였어? 이모의 짐작이 맞았구나. 어이가 없어 헛웃음만 짓고 있는데 올케가 말을 이었다.

"미국에서는 노력만 하면 돈을 벌 수 있지만 우린 안 그래요. 우리도 사업한답시고 많이 노력했는데 이젠 정말이지 입에 풀칠하기도 어려워요."

내가 지금 상대하는 여자가 보통 여자가 아니라는 생각이 들었다. 그래서 나도 비장의 무기를 꺼냈다.

"조카 유학 보내는 데는 돈 안 들었어요? 돈이 있으니까 그렇게 한 거 아니에요?"

그 말에도 올케는 표정 하나 변하지 않았다.

"홈스테이하느라 돈 많이 들었을 거라 생각하시는 모양인데 그런 거 아녜요. 미국 유학 가는 친구들 부러워서 끙끙 앓는 애를 그렇지 않아도 고모한테 보낼까 하다가 제가 워낙 신세 지는 거 싫어하는 성미라 미국 안 보내고 필리핀 지사에서 근무하는 내 동생에게 보낸 거예요. 외삼촌 집에서 눈치 보며 지내느라 어린 것이 힘들었겠지만 특별히 돈 든 건 없어요. 이번에 친할머니 돌아가셨다고 했더니 한국에 나오고 싶다더라고요. 근데 내가 비행기 표가 한창 비쌀 때니까 다음에 비행기 표 싸지면 오라고 했어요. 우리가 얼마나 절약해서 사는지 고모가 좀 알아주셨음 해요. 그래도 고모가 정 섭섭하시다면 통장에서 천만 원은 꺼내 드릴게요. 나머지는 장례비용이며 상속세 내는 데 써야 하니까 더 건드릴 생각 마세요."

나는 더 참을 수 없어서 올케의 눈을 똑바로 보며 말했다.

"올케. 이 일 저 일로 돈이 필요하다는 건 나도 알겠는데, 내 통장에 있는 돈 팔천만 원은 그대로 돌려줘. 올케가 통장이랑 도장 다 보관하고 있다 해도 내가 은행에 가서 본인이 왔다 하고 찾겠다면 그만인 거야. 알지? 그렇게 떼만 쓰지 말고⋯⋯."

말이 채 끝내지 않았는데 올케가 눈에 독기를 품으며 일어나더니 버럭 소리를 질렀다.

"정말 너무하시는 거 아니에요? 솔직히 고모랑 고모부는 호강하시면서 살잖아요!"

호강? 우리가 호강하면서 산다고? 어이가 없었다. 쇠창살 안에 갇혀서 세탁소를 하던 남편의 모습이 떠올랐다. 재봉틀 앞에서 쉬지 않고 박음질을 해대던 우리 부부의 모습⋯⋯. 미국 학교에서 서툰 영어로 수업을 해야 하는 진땀 나는 시간들⋯⋯.

"고모는 부자 나라에서 떵떵거리며 살면서 한국에서 사는 불쌍한 오빠 좀 도와달라는데 뭘 그렇게 네 거 내 거 따지고 그러세요? 우리도 살아야 될 거 아니에요? 그리고 변호사 양반이 내일도 올 테니까 헛걸음 안 하게 고모부께 상의하시려면 빨리 하시고요. 상의하실 때 지금 오빠 형편이 좋지 않다는 얘기 꼭 해주세요."

올케는 그 말을 끝으로 문을 쾅 닫고 나갔다. 오빠는 멍하니 창밖만 내다보고 있었다.

그날 밤 나는 남편에게 전화를 했다.

"재산포기 각서에 도장을 찍으라고 하네요. 어떡해야 할지 잘 모르겠어요."

그의 목소리는 의외로 담담했다.

"당신이 이번에 한국 나갔을 때 이런 문제에 부딪힐 거라 짐작했어요."

"……그랬어요?"

"내가 왜 미국에서 살겠다고 결심했는지 알아요?"

미국은 희망을 주는 나라이기 때문 아니었나? 그런데 그의 말은 의외였다.

"형과 재산 싸움하기 싫어서였어요."

그랬구나.

"돈 문제로 형을 잃을까 봐, 아니, 형에게 내가 귀찮은 존재로 여겨질까 봐 미국행을 결심했어요. 재산 문제 하나만 눈 감으면 형은 계속 내 형으로, 나는 계속 형의 동생으로 남을 수 있을 것 같아서 미국으로 온 거예요.

형과 나는 유난히 다른 형제들보다 우애가 좋았어요. 어렸을 때 깊은 냇물에 빠졌는데 형이 구해줘서 살아난 적도 있었고요. 학교 다닐 때는 늦은 밤에 혼자 골목길을 걸어도 아무도 괴롭히는 사람이 없었어요. 형이 주먹이 셌거든요. 누가 날 건드리려 하다가도 형 이름만 대면 그냥 지나가기도 했어요.

공장이 부도나면서 부모님 재산이 다 은행에 넘어갔어요. 아무것도 안 남아 있는 줄 알았지요. 근데 아버지가 친구분들과 공동 명의로 땅을 사둔 사실이 늦게야 밝혀졌어요. 그건 공동명의라 은행에서도 못 건드렸던 것 같아요. 공동명의자들이 그걸 팔고 싶어서 형과 날 찾아와서 그때서야 우리도 알게 되었어요. 형수가 내 몫을 양보해달라고 하더군요. 형은 말도 안 되는 소리라며 형수를 힐난했는데 그때 결단을 내렸지요. 형 곁을 떠나야겠구나. 다시는 재산 문제를 거론하지 않음으로써 형과의 관계를 유지하고 싶었어요. 그래서 미국으로 온 거예요. 그게 제 선택이었어요."

선택? 그래, 그게 그의 선택이었구나……. 옛날 세탁소에서 일하던 그의 모습이 떠올랐다. 쇠창살로 손님과 자기 사이를 갈라놓고 지내던 모습. 그때 그가 지키려 했던 것은 흉기로부터의 위험만이 아니었구나. 순수했던 시절, 형과의 아름다운 추억을 지켜내기 위해 그는 어떤 노력을 했던가.

"그 돈 벌려면 우리가 무슨 고생을 해야 하는지 잘 알지만 눈 딱 감고 도장 찍어주세요. 그리고 편안한 마음으로 돌아와요. 싸우고 돌아오면 편히 잠 못 자요."

다음 날 아침, 나는 포기각서에 도장을 찍어주었다. 마음이 홀

가분해지는 것도 사실이었다.

엄마의 관이 땅 속으로 들어갔다. 그 위로 흙을 뿌릴 때 몸이
휘청거렸다. 오빠가 내 팔을 잡아주었다. 오빠의 팔은 거칠었지
만 따뜻했다. 도장을 찍어주길 잘했다, 나의 선택이 옳았구나 하
는 생각이 들었다.

돌아오는 비행기 안에서 꿈을 꾸었다. 하늘은 나쁜 짐승의 숨
소리 같은 검붉은 노을로 뒤덮여 있었다. 나는 뒤틀린 나무가 가
득한 축축한 숲을 지나고 있었다. 바람은 윙윙 거친 소리를 내고
있었고 나무는 흔들리지 않기 위해, 뿌리가 뽑히지 않기 위해 진
땀을 흘리며 신음하고 있었다. 배가 고파 쓰러질 것 같아 근처에
돋아난 새순을 입 안에 털어 넣는데 누군가 그걸 빼앗더니 자기
입으로 가지고 갔다. 온 힘을 다해 도로 빼앗으려고 팔을 뻗다가
그만 흙탕물에 넘어지고 말았다. 넘어지면서 돌아보니 오빠였
다. 오빠는 내가 흙탕물 속에서 허우적거리는 게 재미있다는 듯
킬킬거리며 웃고 있었다. 비웃음이 분명했다. 평소의 오빠보다
키가 컸고 힘도 세 보이고 사나워 보였다. 내가 소릴 질렀다.

"도대체 나한테 왜 이러는 거야? 이러면 안 되잖아!"

"억울하니? 억울해 하지 마. 너는 태어나기 전부터 날 억울하
게 했어. 자리는 하난데 너랑 자리다툼을 하느라 난 항상 힘들었
어. 엄마 배 속에 있을 때부터 넌 내 것 다 빼앗아 먹었어. 기억

152

안 나? 난 생생하게 기억나는데. 피장파장이야. 너만 나한테 양보했단 생각, 하지 말라고. 나보다 더 나쁜 사람은 바로 너니까."

"나쁜 새끼! 내 거 내놔. 내가 그 돈 벌려면 얼마나 고생해야 하는지 알기나 해? 내 돈 팔천 내놓으라고!"

내 고함 소리에 내가 놀라 눈을 떴다. 다행히 옆자리에는 아무도 없었다. 아무렇게나 담요를 뭉쳐놓은 것으로 보아 잠시 화장실에라도 간 모양이었다. 얼굴에 진땀이 배어났다. 나는 창문에 부착된 빛 가리개를 열고 창밖을 내다보았다. 하늘은 태양빛으로 가득했다. 눈이 부셨다. 다시 빛 가리개를 내렸다. 그리고 눈을 감았다. 선택. 나의 선택은 과연 옳았던 것일까.

남편의 얼굴이 떠올랐다. 산책길이었다. 그가 나보다 앞서 걸어가다가 어느 지점에선가 멈춰 섰다. 나와 같이 걷기 위해 기다리는 듯 했다. 어렸을 때 친구 따라 갔던 교회의 벽화에서 본, 십자가에 달린 젊은 청년의 모습과도 비슷했다. 나는 달려가 그의 품에 안겼다. 그의 품은 넉넉했고 젖은 나무 냄새가 나는 듯 했다. 나는 숨을 깊이 들이마셨다. 잎사귀에서 이는 푸른 바람의 파장 같은 것이 내 가슴 한구석에서 서서히 일기 시작했다.

살아나는 박제

원, 세상에! 이런 엉뚱한 곳에서 형기 형을 다시 만나게 될 줄이야! 그동안 얼마나 찾아 다녔는데. 이젠 찾으러 다니는 건 그만해야겠다며 포기하고 있었는데. 이런 데서 만나다니. 정말 기가 막힐 노릇이었다. 아마 딴 사람이 이런 자리에서 형을 만났다고 하면 말도 안 되는 소리 그만하라고 응수했을지도 모를 일이었다.

등록금 충당을 위해 닥치는 대로 일하던 나는 시간당 수당이 가장 많은 통역 일이 있다 하기에 만사를 제쳐놓고 뛰어나갔다. 그악스러운 불볕더위가 가슴팍에 쩍쩍 들러붙는 여름날이었다. 짧은 소매에 홑겹 면바지를 입었지만 소용이 없었다. 오백 달러 주고 산 중고차는 이렇게 더운 날이면 꼭 에어컨이 고장 났다. 비지땀을 흘리며 도움을 요청한 경찰서로 달려가보니 황금색 털이 온 팔을 덮고 있는 뚱보 경찰 제임스가 나를 기다리고 있었다. 전에도 몇 번 통역 일로 안면이 있어서인지 제임스는 특별한 절차 없이 바로 경찰차에 타라고 눈짓했다.

"아파트 건물 복도에 떨어진 핏자국을 본 입주자로부터 신고가 들어왔어요. 핏자국이 아파트 건물 주인 집으로 연결되어 있다고 해서 미리 그 건물 주인에 대해 조사해봤어요."

"한국 사람인가요?"

"물론이죠."

하긴 그럴 것이다. 그러니 날 불렀겠지.

"서른다섯 된 한국 남자예요. 혼자 살고 있고 전과는 없어요. 총소리나 비명 소리 같은 것도 들리지 않았다고 하지만 위험한 일은 일어나지 않았던 것 같고. 하긴 요즘은 정신병자도 워낙 많고 언제 돌발행동을 할지 모르니 방심할 순 없겠지만요. 어쨌든 가보면 정확한 걸 알 수 있겠지요."

제임스는 여섯 동짜리 붉은 아파트 단지에 이르자 차를 멈췄다. 입구에 들어섰을 때였다. 계단에서 놀고 있던 쥐 한 마리가 침입자를 발견하고는 쏜살같이 달아나더니 벽 모서리에 난, 자기 몸집보다 더 작아 보이는 구멍 속으로 쏙 들어가버렸다. 놀라웠다. 자유자재로 몸을 늘였다 줄였다 할 수 있는 탄력성이. 초인종은 어디 접촉 부분에 이상이라도 생긴 모양인지 찌이익, 철판 찢어지는 듯한 소리를 냈다. 한시라도 빨리 이곳을 빠져나가고 싶었다.

누군가 안쪽에서 문을 열었다. 고약한 피비린내가 포르말린 냄새에 섞여 흘러나왔다. 역한 냄새는 코뿐 아니라 온몸으로 덮쳐오는 것 같아 순간적으로 호흡을 멈추었다. 본능적으로 바깥 공기가 들어오는 창 쪽으로 고개를 돌려 심호흡을 했다. 가까스로 숨을 가다듬은 후에 고개를 돌렸다. 그때 내 눈 앞에 서 있던 그 사람. 아니, 이 사람이 누구지? 형! 형기 형이 아닌가! 칠 년 동안이나 소식이 끊어졌던 형기 형이 정말 꿈속에서 보았던 것처럼 두 손을 주머니에 꾸욱 찌른 채 그렇게 거기 서 있었다. 전국 방방곡곡, 형이 한 번이라도 언급했던 곳이라면 지도에 나오지 않은 곳까지도 찾아갔건만 만날 수 없었던 형이었는데. 그런데 이 시카고에서, 그것도 범죄 수사와 관련된 이런 상황에서 만나게 되다니! 그것도 그렇지만 형같이 어려서부터 영어에 남달리 재능을 보였던 수재가 통역관을 부른 장본인일 줄이야! 내가 신학대학에서 공부할 때 영어 해석이 막힐 때마다 형은 자기 전공이 아닌데도 그 속뜻까지 헤아려 술술 번역해주지 않았던가? 그랬던 형이 통역이 필요하다니 말도 안 되는 소리였다. 정말 형과의 만남이 이런 식으로 이루어지리라고는 상상조차 못했다.

나는 하마터면 '형!' 하고 소리를 지를 뻔하였다. 형도 나를 첨 본 순간 짙은 눈썹을 꿈틀거렸지만 그건 아주 잠시였다. 형은 특별히 나를 아는 기색을 하지 않았다. 내가 찾아가면 아무리 바쁠 때라도 항상 푸근한 미소로 반겨주던 형. 바로 그런 형이었는데 모르는 사람을 대하듯 제임스와 나를 똑같이 대했다. 무슨 사연이 있겠지. 나는 목젖까지 기어나오는 소리를 꿀떡 삼켜버렸다. 내 쪽에서도 형을 아는 체 하지 않는 게 좋겠다는 감이 왔기 때문이었다.

제임스를 따라 거실로 들어서자 무언가 으스스하면서 가슴을 답답하게 하는 기운이 느껴졌다. 누가 날 보고 있는 것 같았다. 천천히 둘러보았다. 범인은 창가에 버티고 선 박제 곰이었다. 덩치가 얼마나 큰지 유리창 쪽 벽의 삼분의 일을 차지할 정도였다. 손을 앞으로 턱 내민 곰은 박제라기보다는 무엇을 공격하려고 저돌적으로 나아가다가 감전이라도 일으켜 그 자리에 꼼짝 않고 서 있는 것 같았다. 아니, 어쩌면 누군가를 축복하려고 팔을 내민 수호신처럼 보이기도 했다.

제임스도 곰에게 압도되었는지 입을 벌리고 구경만 하다가 잠시 후에야 자신이 온 목적에 생각이 미친 모양이었다. 나를 보며 사진이 붙어 있는 신분증을 보여달라는 말을 통역해달라고 했다.

"형! 어떻게 된 거야?"

나는 엉뚱한 말을 한국말로 묻고 있었다.

"잠자코 통역이나 해. 나, 지금 영어 하나도 모르는 사람으로 되어 있거든."

형은 짐짓 무표정한 얼굴을 지으며 건조하게 말했다.

"알았어, 형. 시, 신분증 가, 갖고 있어?"

나도 최대한 감정이 묻어나지 않게 말하려고 애를 썼지만 단어가 자꾸만 혀끝에서 꼬였다. 형이 방에 들어가 있는 동안 제임스는 거실을 이리저리 돌아다니면서 사냥개처럼 코를 킁킁거렸다. 마치 냄새로 사건의 전모를 알아내기라도 하려는 듯이. 잠시 후 형은 손에 무언가를 들고 나왔다.

"이건 운전면허증. 이건 시체 방부처리 자격증이야. 잘 설명해 줘."

형은 요구하지도 않은 자격증까지 건네주었다. 제임스는 손에 받아 든 증명서의 모서리를 하나하나 손톱으로 긁기도 하고 햇빛에 비춰보기도 했다. 위조 여부를 알아보려는 것 같았다.

제임스는 흥미롭다는 듯 몇 번인가 고개를 끄덕거렸다.

"바로 요 앞에 있는 로즈메리 장례식장에서 시체 방부처리사로 일하고 있군요."

로즈메리 장례식장이라면 오며 가며 본 곳이다. 그런데 시체 방부처리사라니? 지난 학기 신학 수업 시간에 시체 방부처리 견학을 한 적이 있다. 몇 시간 근처에 얼쩡대기만 했는데도 어찌나 속이 울렁대던지 다음 날까지 식사를 못했다. 제임스와 내가 이야기를 나누는 동안 형은 허공에 시선을 주며 가만히 서 있기만 하였다. 이따금 눈을 껌벅거리면서 영어를 전혀 못 알아듣는 척했다. 제임스는 형에게 신분증과 자격증을 돌려주면서 다시 내게 통역을 부탁했다.

"사냥 면허증도 있냐고 물어봐주쇼."

"사냥 면허증도 있어?"

형은 로봇처럼 무표정한 얼굴로 다시 방에 들어가 면허증을 가지고 나왔다. 누런 얼룩이 군데군데 묻어 있긴 했지만 금색 테를 두른 게 제법 폼이 났다. 제임스는 이번에는 대충 훑어만 보더니 상의 주머니에서 계피 껌을 서너 개 꺼내 한꺼번에 입안에 털어넣고는 질겅질겅 씹었다.

"더 볼 것도 없겠군요."

"무슨 말씀이시죠?"

"진짜 사냥에 미친 사람이에요."

"어떻게 아셨지요?"

나는 부러 경찰의 명석한 두뇌에 감탄했다는 듯이 놀란 표정을 지으며 물었다.

"이 금딱지 면허증은 일 년 사시장철 제한 없이 웬만한 사냥 구역에서는 다 쓸 수 있는 거라서 보통 아마추어들은 안 갖고 있는 거예요. 이거 하나에 삼천 달러가 넘어요."

"그러면 평생회원이 되는 건가요?"

"아니오. 매년 돈을 내야 해요. 그러니 전문 꾼이 아니면 안 사지요. 내 친구 놈 중에 이런 거 가진 놈이 하나 있었죠. 결국에는 곰에게 찢겨 죽고 말았지만."

제임스는 수첩을 꺼내 몇 글자 적더니 힐끔 방 쪽을 보면서 말했다.

"지금 방 안 탁자 위에 눕혀놓은 놈은 몇 살이나 됐는지 알아봐주쇼. 아직 어린 놈 같은데……."

이번에는 내가 헛웃음을 쳤다. 곰도 재주를 부릴 줄 안다더니 언제 본 것일까? 살짝 열린 문틈으로 본 것일까? 나도 못 보았는데……. 덩치에 맞지 않는 제임스의 예리함이 나를 놀라게 했다. 통역을 하는 척하자, 형은 방문을 활짝 열고 곰이 누워 있는 방으로 우리를 안내했다. 죽은 곰을 박제로 만들어달라는 부탁을 받고 옮기다가 복도에 피를 흘리게 된 것이라는 설명을 하면서 이런 말도 덧붙였다.

"두세 살쯤 되었을 거야. 저렇게 어린 놈인 줄 모르고 쐈어. 새끼 곰을 고의로 쐬면 법에 걸려. 고의가 아니었다고 잘 통역해줘. 비가 와서 실수한 거야. 발소리가 제법 나이 든 놈처럼 무겁고 느릿느릿하게 들렸거든. 땅이 젖어 있으면 소리가 다르게 들리는 법인데 그만 깜박했어. 총에 맞고 쓰러졌을 때 숨이 남아 있는 걸 발견하고 바로 동물병원에 데리고 갔는데 그만 죽어버렸어. 그냥 화장시켰으면 했는데 동물병원에서 부탁이 들어왔어. 박물관 전시용으로 필요하다면서 박제를 부탁하더군. 그래서 저놈을 데리고 왔는데 옮기면서 복도에 피가 흐른 모양이야……."

형이 한 말을 영어로 통역하자 제임스는 당장 동물병원으로 전화를 걸어 확인했다. 사건이 완결되었다고 생각했는지 형에게 악수를 건네며 싱긋 미소를 지었다.

"앞으로 이런 일을 할 때 좀 주의하면 좋겠군요. 냄새가 복도로 흐르지 않도록 환풍기도 달아놓으면 좋을 것 같고요. 이웃 사람에게 괜한 오해를 살 필요는 없지 않나요?"

나는 제임스와 헤어져 동네를 빙빙 돌다가 다시 형의 아파트로 갔다. 바로 뒤돌아 가다가 혹 제임스와 맞닥뜨리면 형과 내가 전에 알던 사이냐, 어떤 관계냐 하고 귀찮게 물어볼 것 같아서였다. 아닌 게 아니라, 형과 나 사이가 어떤 관계냐고 누가 묻는다면 나는 뭐라고 대답할 것인가? 단지 어려서부터 같이 자라난 고향 선후배 사이라고 할 것인가? 형은 단순히 그렇게만 말할 수 없는 사람이었다.

형과 나는 두 살 차이가 났고 같은 동네 같은 골목에서 자랐다. 형은 그 흔한 과외 한 번 받지 않고 갈마리 촌 학교에서 서울대학교 의대에 합격했다. 그 소식이 전해지던 날, 마을 사람들은 형의 집에 모여들었다. 어른들은 방과 마루를 차지하고도 모자라 마당에 모닥불을 여기저기 피워놓고 소금 안주에 막걸리를 마시면서 마치 온동네 경사인 양 기뻐해주었다.

"우리 마을에도 읍내처럼 병원이 생길 모양이여!"

"그러게, 보건소도 하나 없어서 여간 불편하지 않았는데 보건

소가 뭐여? 형기가 의사 자격증을 따기만 하면 읍내 병원보다
더 큰 병원 하나쯤 문제없을 거구먼."

"진즉에 병원이 있었더라면 작년에 장서방도 복막염 땜에 저
승 행차 하는 일은 없었을 거 아녀?"

"그걸 말이라고. 이제 우리 중에 그리 억울하게 죽는 사람은
안 생길 거구먼. 우리 형기가 병원 떡하니 차려놓고 진료 볼 때
까지는 아무도 아프지 말아야 해."

"아무렴. 그렇고말고."

사람들은 형이 금세 우리 마을에 병원을 세우기라도 할 것처
럼 설레는 마음을 주체하지 못하여 긴긴 겨울밤을 웃음꽃으로
새웠다.

형의 아버지 강 장로님은 홀아비였고 우리 마을 유일한 건어
물 가게 주인이었다. 형의 집은 가게를 통해서 들어가게 되어 있
었다.

"형!" 하고 부르며 가게에 들어서면 형은 퀴퀴한 냄새가 나는
건어물 더미에서 책을 보고 있다가 환하게 웃곤 했다. 아주 어렸
을 때 형과 나는 마른 가오리나 문어에 눈 코 입 구멍을 뚫어서
가면 놀이를 하다가 장로님께 야단을 맞기도 했다. 그것들은 가
게에서 제일 값나가는 물건이었으니 아무리 맘 좋은 장로님이라
해도 화를 내는 건 당연했다. 하지만 우리는 벌받는 것쯤은 개의
치 않았다. 적어도 나는. 오히려 형과 함께 손을 들고 벌을 서는

시간이 그 어느 순간보다 행복했다. 형과 내가 하나가 된 것 같아서였다. 그러다 형이 내가 이해하지 못하는 세계에 살고 있다는 생각이 들 때면 형이 내게서 멀어질까 봐 얼마나 조바심이 났던가.

가을 운동회 날이었다. 키가 컸던 형은 고등부 대표 달리기 선수로 뽑혔고 출발 호루라기 소리가 나자 하얀 가루가 뿌려진 금을 넘어서 달리기 시작했다. 다른 반 선수들을 제치고 형은 단연 선두로 달리고 있었다. 그런데 교문 앞 커브를 돌아야 할 때 형은 정해진 길로 가지 않고 갑자기 곁길로 빠지더니 교문 밖으로 나가버렸다. 삐익삐익 호루라기 소리가 운동장을 울렸지만 형은 돌아오지 않았다. 나는 응원석에서 일어나 교문 밖으로 빠져나간 형을 쫓아갔다. 형은 계속 달리고 있었다. 얼마나 달렸을까. 형은 시냇물이 흘러 길이 막혀버린 둑에 이르러서 달리기를 멈추었다. 형이 둑길에 누웠다. 나도 헉헉 숨을 몰아쉬며 따라가 누웠다.

"왜 그랬어, 형?"

끝까지 뛰었더라면 일 등도 하고 메달도 탔을 텐데. 나는 못내 아쉬웠다. 잠시 아무 말도 하지 않던 형이 마침내 입을 열었다.

"나는 말이다. 이기기 위해서 누군가를 패자로 만들어야 한다면 이기는 걸 포기하고 싶다."

나는 아무것도 더 묻지 않았다. 가슴이 먹먹해지면서 아무 생각도 나지 않았다. 문득 눈앞에 펼쳐진 파란 하늘의 끝이 궁금해졌다. 얼마나 높이 올라가면 하늘의 얼굴을 만질 수 있는 걸까? 나는 그냥 형 옆에 누워 오래오래 이 순간이 계속되었으면 좋겠다고 생각했다.

나를 놀라게 한 형의 자유로움과 당당함은 그 후로도 지속되었다. 형이 의대를 졸업할 즈음 서울에서 최고급 자가용을 타고 온 몇몇 중년 아주머니들이 형의 중매를 위해 다녀가곤 했다. 사실, 중매쟁이들이 형의 집 앞에서 서성거리기 시작했을 때 옆집 정희 누나와 오랫동안 사귀던 형도 어쩔 수 없겠구나, 싶었다. 신학을 전공하던 내 눈에도 유혹을 뿌리치기 힘들어 보일 만큼 조건이 좋고 당사자도 어디 빠질 만한 데가 없는 곳에서 중매가 들어왔기 때문이었다. 형이 서울 여자와 결혼해도 그건 형의 잘못이 아냐, 형은 신이 아니니까. 나는 장차 내가 갖게 될 실망감이 너무 커지지 않도록 미리 현실적인 이유를 스스로 주입하기도 했다. 하지만 놀랍게도 형의 태도에는 변함이 없었다. 겨우 고등학교만 졸업한 정희 누나에 대한 형의 태도는 한결같았다. 그리고 군의관이 되어 입대하기 전날, 약혼식을 서두른 것도 형 쪽인 걸 알게 되었을 때 나는 의인이 이 세상에 정말 존재하는 건 아닐까, 그런 생각이 들었다.

그뿐이 아니었다. 나이가 들어 지식이 쌓이면 어렸을 때 존경하던 사람이 별거 아니었구나, 하고 생각이 바뀌는 경우가 허다 한데 형에 대한 나의 마음은 달랐다. 형은 내가 전공하는 신학에 관해서도 웬만한 전공자보다 깊은 지식 창고를 가지고 있어 날이 갈수록 나의 존경심은 커져갔다.

여름방학이면 형과 나는 서울에서 고향으로 내려와 갈마리 교회 청년부에서 함께 성경 공부를 하곤 했다. 형은 지도자 역할을 했는데 그의 가르침은 신앙서적에서 쉽게 볼 수 없는 것들이었다. 난해한 질문을 하면 곤란해 하는 여느 전도사님과는 달랐다. 오히려 자기 쪽에서 모순된 부분을 집어내곤 했다.

"예수님은 왜 부자 청년에게는 재산의 전부를 가난한 사람에게 나눠주라고 요구하시면서 삭개오가 단지 재산의 반을 가난한 자에게 준다고 했을 때 칭찬을 하신 걸까? 재산의 전부와 반. 사람에 따라 다르게 분배원칙을 적용한다면 이건 모순 아냐?"

우리가 고개를 갸우뚱거리며 대답을 못 하고 있으면 형은 곧잘 "예수님의 말을 형식적 언어 저편, 심리적 대화법에 기초한다는 것에서 시작해봐"라고 말하곤 했다. 형은 예수님은 각 사람의 심리 코드에 알맞은 언어를 선택하여 정곡을 찌르며 대화하는데, 이때 대하는 사람에 따라 다르게 이야기하는 것은 진정한 의미에서의 언어소통에 기초를 둔 심리적 대화법에 근거하고 있기 때문이라고 설명하였다.

또한 정황에 따라 예수님의 대화를 입체적으로 이해해야 한다고 설명하기도 했다.

"사마리아 우물가 여인이나 수로보니게 여인, 둘 다 이방인인데 왜 서로 다른 시선으로 대화를 시작했을까? 사마리아 여인은 예수님을 만났을 때 혼자였어. 그러니까 단도직입적으로 그 여자에게 맞는 이야기로 들어갈 수 있었던 거지. 하지만 수로보니게 여인과 이야기할 때는 유대인 제자들이 둘러싸고 구경하고 있었어. 그러니까 이 일화에서 예수님은 수로보니게 여인뿐 아니라 제자와 다른 구경꾼에게도 초점을 맞추신 거지. 구경꾼들이 가지고 있던 이방인에 대한 편견을 드러내기 위해 슬쩍 그들 안으로 들어가 그들과 같은 눈을 가진 것처럼 하면서 여자를 개 취급 해본 거지. 이걸 밑그림으로 해서 여자의 신앙의 진실함을 사람들에게 알게 하고 동시에 여자의 고민도 해결했으니 이거야말로 동시적 다시점적 대화법의 진수가 아닐까?"

형의 설명은 비논리적이라고 여겼던 것을 논리적인 것으로, 얼핏 모순적이라 여겼던 것을 통합적 이해의 차원으로 이끌어주곤 했다. 또한 전통적 해석이 무조건 맞는 말이라 생각하고 절대적 권위를 부여하면서 그대로 받아들이면 자칫 현대판 서기관이 될 수 있으니 조심하라고 말해주기도 했다.

형은 의대에 들어가 철학이나 신학을 공부할 틈이 없었을 텐데 어떻게 그런 사상을 키울 수 있었는지 아직도 이해하기 어렵다. 그리고 그 보물 중 하나를 훔쳐올 기회를 가진 나는 가장 존경하는 사람이 누구냐는 물음에 죽음을 무릅쓴 해외 선교사나

신앙위인전에 나오는 인물이 아닌 형의 얼굴을 떠올리곤 했다.

신학대학 졸업반 때 나는 논문 주제를 정하지 못하여 골치를 앓고 있었다. 나는 형이 근무하던 병원에 찾아갔다.

"정말 쓸 게 없어. 까딱하면 표절시비에 걸려든다고. 겨우 생각했다 하면 벌써 남들이 다 써놓은 거야. 이제 아무리 머리를 짜내도 새로울 게 하나도 없어. 그렇다고 남들이 안 쓴 거 쓰려고 하면 자칫 궤변이 되기 십상이고. 이러다 이단적 논리를 펼치게 될까 봐 겁난다니까."

내 목소리에는 짜증이 잔뜩 배어 있었다. 형은 내가 한심해 보였던지 혀를 쯧쯧 찼다.

"그러게 머리를 좀 써! 신학대학 논문이라고 꼭 고리타분하게 성경 이야기만 해야 된다는 법 없잖아?"

"무슨 말이야?"

"우리나라에 멋있는 철학자들 많잖아. 신학하고 접목할 수 있는."

귀가 번쩍 뜨였다.

"아직까지 남들이 안 써먹은 이야기가 어디 없나 하고 멀쩡한 성경 비틀어 짜지 말고 우리 동양 철학에 기독교 사상을 접목시켜보라고. 그러면 아주 근사한 주제가 튀어나올 테니 말이야."

"예를 들면?"

나는 형의 팔을 움켜쥐다시피 하며 물었다. 형이 웃었다.

"자식! 정말 궁한 모양이구나."

"그냥 궁한 정도가 아니라니까 그러네. 미치기 바로 직전이라고!"

그렇게 해서 써낸 것이 〈이기이원론적 구원론과 이기일원론적 윤리관-퇴계와 바울, 율곡과 야고보의 사상 비교〉라는 긴 제목의 논문이었다. 형의 논지에 의하면 사도 바울의 구원론은 아무리 인격이 부족한 자라도 믿기만 하면 구원을 얻는다 했으니 여기서의 믿음과 행동은 두 범주라는 것이었다. 이는 본질과 현상의 분리를 주장한 이황의 이기이원론과 유사하다고 했다. 또 믿음 있는 자는 반드시 그 행동에서 향기가 나지 않을 수 없다고 한 야고보의 사상은 투철한 정신이 가득 차면 현상으로 나타나지 않을 수 없다고 주장한 이이의 이기일원론과 일맥상통하는 것이라 했다.

나는 즉각 형의 아이디어를 논문의 주제로 받아들였다. 물론 논문에 살을 붙이기 위해 한자로 된 동양철학 서적을 읽는 일이 쉽지는 않았지만 결과는 기대한 것 이상이었다. 그해, 졸업 논문 중 최우수 논문상을 받았고 그 논문의 일부가 미국에서 발행되는 신학지에 게재되면서 해외 학회에 참석해달라는 요청을 받기도 했다.

그러니 내가 형에 대해 품은 마음이 단순히 고향 선배를 향한 존경심을 넘어선 건 당연했다. 그랬는데 어느 날 형은 한 마디 말도 없이 나를 포함한, 그를 알고 지내던 모든 사람들에게서 훌쩍 사라져버리고 말았던 것이다.

형이 잠적해버린 후 몇 년 새에 형의 아버지 강 장로님은 나이보다 정정해 보이던 옛 모습은 사라지고 등도 구부정해지고 머리는 백발로 변해버렸다. 정희 누나도 저녁녘이면 버스 정거장이 내려다보이는 언덕 나무 밑에 모습을 드러내곤 하다가 언제부턴가 어머니의 손에 이끌려 외지 사람과 선을 보기 시작했다. 우울한 사람은 그들만이 아니었다. 나는 정신적 지주로 믿어왔던 존재가 저 아득한 우주로 사라져버리고 홀로 지구의 황폐한 벌판에 버려진 느낌이었다. 그래서 부단히도 형을 찾으러 다녔다. 경찰서에 연락한 건 물론이고 형이 거할 만한 지인들의 집이나 형이 무전여행하면서 인상 깊었다고 말한 이름 없는 해변 마을, 심지어 화전민이 모여 사는 강원도 촌락까지 형이 있을 만한 곳은 샅샅이 찾아보았다. 그러나 그 어디에서도 형의 모습을 찾을 수 없었다.

그러던 어느 날이었다. 강 장로님께서 날 찾아오셨다.

"이제 더 수고할 필요 없네. 읽어보게."

장로님은 내 앞에 편지 한 장을 내밀었다. 형의 필체가 분명했다.

제 몸에 나병균이 흐르고 있다는 것을 알게 되었습니다.

치료 가능성에 대해 알아보는 중이며

마음이 정리되는 대로 다시 연락드리겠습니다.

안녕히 계십시오.

나는 봉투 여기저기를 살펴보았다. 수신인의 주소만 있을 뿐 발신인의 주소는 적혀 있지 않았다. 요즘 세상에도 한센병이 발병한단 말인가, 형이 오진을 받은 것이 아닌가 의문이 들었다가 골목을 빠져나가는 강 장로님의 쓸쓸한 뒷모습을 바라보면서 형의 불운이 사실임에 틀림없다는 생각이 들었다. 그 후 나는 한센병 전문 병원이 있거나 한센병 환자들이 모여 사는 곳이라면 다 찾아가보았다. 하지만 거기에도 형은 없었다.

그 후 나는 군대를 다녀와 복학을 하고 석사학위를 취득한 후 미국 시카고 트리니티 신학대학의 목회학 박사과정을 밟게 되었다. 또 몇 년이 흘렀다. 그래도 형에 대한 갈증은 좀체 사라지지 않았다. 이따금 꿈속에서 형을 만나기도 하였는데 꿈을 깨고 나면 형의 부재에 얼마나 허망함을 느꼈던가. 그랬는데 형기 형을 이런 엉뚱한 계기에 이런 식으로 만나다니! 놀랄 수밖에 없었다.

초인종을 눌렀다. 형은 내가 다시 돌아올 줄 알았다는 듯, 누구냐고 묻지도 않고 문을 열어주었다.

"너 혼자지?"

"그래, 형."

나는 소파에 털썩 주저앉으며 반갑다는 말 대신 화부터 냈다.

"사람이 어떻게 그럴 수가 있어? 내가 형을 얼마나 찾아 다녔는지 알아?"

형은 피식 웃었다.

"그리고 왜 영어를 못하는 것처럼 굴었어? 나 같은 사람 돈 벌게 해주려고 그랬던 건 아닐 테고."

"영어를 못한다고 해야 쓸데없는 말 안 하고 요점만 딱딱 묻거든. 그래야 일이 빨리 끝나. 미국에서 칠 년 살면서 얻은 지식이야."

미국에서 칠 년 살면서 얻은 지식? 그래. 형이 실종된 지 칠 년이 되었다.

"그럼 실종 직후, 바로 미국으로 날아온 거야?"

"그렇다고 봐야겠지. 발병하고 한 달 만에 왔으니까."

그랬구나. 그래서 형을 아무리 한국 땅에서 찾으려 해도 찾을 수 없었던 거였어.

"그런 줄도 모르고 계속 한국 땅만 뒤지고 있었잖아. 북한 말고 안 가본 데가 없어. 근데 왜 미국엘 온 거야? 처음부터 시카고에 온 거야?"

형은 내 말에는 대답하지 않고 강 장로님 안부부터 물었다.

"아버진 안녕하시지?"

"응. 그런대로 잘 계셔."

형이 사라진 후, 호호백발 노인네가 다 되었다는 이야기는 나중에 해도 될 것 같았다.

"편지 읽었지?"

강 장로님이 보여준 그 편지를 말하는 모양이었다.

"읽긴 읽었지. 그게 사실이야?"

"나병 환자라는 거? 물론 사실이야. 사실이 아니면 내가 왜 갑자기 사라졌겠냐? 시간만 나면 동남아 오지로 의료 선교를 다녔잖아. 그때 걸린 모양이야……."

형의 말끝이 흐려졌다.

"어떻게 알게 된 건데?"

형의 양 눈썹이 잠시 꿈틀거렸다.

"피 검사하다가 알게 됐지."

"검사 결과가 확실한 거야? 아주 건강해 보여."

정말 그랬다. 살이 좀 빠진 것 외엔 혈색도 나빠 보이지 않고 정상 같았다.

"나도 믿기지 않아서 미국까지 오게 된 거야. 사우스캐롤라이나 주에 세계적으로 유명한 나병 전문병원이 있거든. 제대로 검사도 하고 치료할 수 있으면 치료도 받고 싶어서 온 거지."

"의학 공부는 안 하고?"

물어놓고 나서 금세 후회했다. 심리적 경제적 여건이 의학 공부를 허락하지 않았을 것이다. 다행히 형은 나의 우문에는 대답하지 않고 한숨을 내쉬더니 다음 말을 내뱉었다.

"내 경우는 잠복기가 긴 편이라서 아직 몸에 안 나타나는 거라고 하더군. 운이 좋으면 앞으로 이십 년 정도 아무 증세가 안 나타날 수도 있다고 해."

"형 떠나고 나서 나도 한센병에 대해서 알아봤어. 요즘은 약물 치료만으로도 생명에 지장이 없다는 것도 알게 되었고……."

형의 입가에 잠시 자조적인 웃음이 떠올랐다.

"그럼, 그 병이 특별히 저주받은 병으로 여겨지는 것은 다른 질병보다 악질적으로 생명에 위협을 줘서가 아니라 성경에 죄인을 상징하는 문둥병으로 등장하기 때문이라는 것도 알겠구나."

"형……."

물론 나는 성경에 나오는 문둥병이 요즘 말하는 한센병을 말하는 것이 아니고 여러 종류의 피부병을 지칭하는 것이라는 말은 하지 않았다. 어설픈 지식이나 저지의 눈빛이 폭포수처럼 쏟아지기 시작한 형의 말을 막지는 못할 거라는 걸 짐작했기 때문이다.

"내가 나병 환자라는 걸 알았을 때 가장 큰 염려 중 하나가 뭐였는지 알아? 아버지같이 하나님만 의지하며 사는 분에게 내가 그 분의 신앙을 시험하는 도구가 된다는 거였어."

형의 아버지, 강 장로님의 신앙은 온 동네에 소문난 신앙이었다. 어물전 도매 시장에서 돌아오시다가 버스가 고장 났을 때 열

두 시간 밤길을 걸어서 주일 예배에 지각을 안 하신 분이라는 소문도 사실이었다. 형의 어머니가 돌아가신 날에도 새벽기도까지 지킨 분이셨다. 그러니 형이 이런 생각을 하는 게 당연한지도 모른다.

"어떻게 해서든 나아서 아버지께 말씀드리고 싶었어. 하나님께서 날 낫게 해주셨다고. 아버지에게 늘 은혜를 베푸시는 사랑의 하나님이 이번에도 아버지의 기도를 들어주셨다고……."

사도 바울 같은 자도 병 낫기를 간구했을 때 하나님께서 들어주시지 않았고, 그래도 사도 바울은 흔들리지 않았다고. 그러니 강 장로님도 흔들리지 않으실 거고 형이 그렇게 사라져버릴 필요는 없었다고. 이런 말을 하려다가 순간, 이 말이 얼마나 위선적인 말처럼 들리겠는가 싶어 입을 다물었다. 형도 잠시 침묵하더니 다시 입을 열었다.

"넌, 신학 공부하려고 미국 온 거지?"

형에게 종종 미국에서 신학박사 공부를 하고 싶다고 말해서인지 형은 이미 알고 있는 사실을 확인한다는 양 확신에 찬 어조로 물었다.

"응."

"그럼 대답해봐. 왜 아브라함은 아들의 눈앞에서 살인의 칼을 들어야 했지? 하나님은 왜 꼭 그 같은 통과제의를 거치고 난 후에야 신앙을 인정했느냐고. 아들의 생명을 희생 제물로 내놓으

라고 하는 그런 잔인한 신이 어떻게 신이 될 수 있어? 아브라함
이 겪은 비극적 당혹함도 그러했겠지만 이삭이 경험한 마음의
상처는 어떡할 거냐고? 솔직히 대답해봐. 인간을 그렇게 비참하
게 만드는 신이 신이 될 수 있냐고. 그렇게 인간을 비참하게 만
드는 신은 신이 아니야. 난 그 신을 인정할 수 없어."

붉은 핏발이 선 형의 눈은 도전적이면서 불길해 보였다. 갈마
리 교회에서 학생들에게 성경을 가르치면서 우리가 경험하는 비
극은 결국 하나님의 은혜 속에서 가능한 비극이며, 우리가 고난
당하는 것은 하나님의 율례를 배우게 하기 위함이라는 결론으로
마무리 지으며 가슴 벅차하던 형의 모습은 간 곳이 없었다.

"형⋯⋯."

막상 형을 불러놓고 나니 할 말이 없었다. 건어물 가게에서 가
오리나 문어 가면을 쓰고 마음껏 웃고 장난치던 형. 종업식이면
빠지지 않고 우등상을 수상하던, 하얀 이마가 햇빛 속에서 환히
빛나던 형. 온 마을 사람에게 병원이 들어설 거라는 기대를 심어
주었던 형. 아무리 잘났어도 잘난 척하지 않았던, 겸손했던 형.
언젠가 우리 동네에 진흙으로 만든 그의 순박한 입상이 세워질
거란 믿음을 품게 하던 형. 바로 그 형이 내 눈 앞에 있는데 왜
그는, 또 나는 이토록 어두운 분노로 가득 차야 하는가.

잠시 침묵이 흘렀다. 어느새 저녁놀이 조금씩 밀려들고 있었
다. 형이 침묵을 깨고 입을 열었다.

"나는 창조주 하나님의 존재를 부인하지는 않아. 하지만 일부러 인간을 어려운 형편에 처하게 하고 믿음을 테스트하는 방법은 정당하지 않다고 봐. 그래. 나병에 걸려봐. 그러고도 네가 나를 사랑한다면 너의 믿음을 인정해주마. 이런 식의 검증은 맘에 안 들어. 차라리 처음 태어날 때부터 나병 환자로 태어났더라면 이렇게 바닥으로 떨어지는 황당한 마음은 안 들었을 거야. 도대체 왜 높은 자리에까지 오르게 했다가 이렇게 떨어뜨리시는지 하나님의 심보를 이해할 수가 없어. 그리고 내가 믿지 않는 가정에서 태어났다면 이런 감정까지는 느끼지 않았을 거야. 운명인가 보다 했겠지. 하지만 우리 아버지의 하나님에 대한 충성심을 보아서라도 내게 이럴 수는 없는 거야. 인간에게 인격이 있듯 하나님께 신격이 있다면 그 신격은 적어도 이러지는 말아야 한다고 생각해. 아니, 좀 더 솔직하게 말해볼까? 그 신격을 믿을 수가 없어. 믿고 싶지도 않고. 난, 하나님이 용서가 안 돼."

형은 다시 한 번 자조적인 웃음을 흘렸다.

형은 갑자기 박제가 된 곰을 향하여 다가갔다. 창틈으로 들어온 저녁 햇살이 흰 벽에 닿아 빛줄기 무늬를 만들어내고 있었다. 거기에 형의 그림자가 겹쳤다. 또 하나의 박제가 만들었다.

"내가 왜 곰 사냥을 하고 박제를 하는지 알고 싶지 않냐?"

형은 곰의 얼굴을 손으로 쓸어내리더니 다시 내 쪽을 향했다.

"나랑 같이 일하는 사람 중에 사냥 다니는 사람이 있어. 처음

엔 취미 삼아 따라다녔지. 그러다 차츰 다른 이유가 생겼어."

형은 잠시 말을 멈추더니 다시 말을 이었다.

"곰은 숲의 영웅이야. 다른 약한 짐승은 늙고 쓸모없는 것이 되어도 그리 비극적이지가 않아. 하지만 곰이나 호랑이가 늙어 갈 때 그들은 차라리 늙기 전에 죽고 싶을 거라는 생각이 들기 시작했어. 그게 내가 사냥을 계속하게 된 동기야. 모든 짐승이 우러러보는 영웅이 너무 비참해지기 전에 죽는 것. 내가 곰이라면 당연히 그걸 바랐을 거야. 난 그 소원을 이루도록 도와주는 거고."

저렇게 어린 놈인 줄 모르고 쏘았어, 라고 했던 형의 말이 생각났다. 나는 벽에 걸린 시계를 쳐다보았다. 시계는 7시를 가리키고 있었다. 나는 자리에서 일어났다.

"가려고?"

"응. 오늘 밤에 건수가 하나 더 있어. 성매매하다 현장에서 붙잡힌 한국 여자 일이야. 내일 재판이라서 미리 변호사랑 자료 조사해보기로 했거든. 근데, 형……."

"왜?"

형은 처음 들어섰을 때보다는 조금 인상이 부드러워진 것 같았다. 마음속에 있던 울분을 토해냈기 때문일까?

"정희 누나 말이야."

"……정, 희?"

형의 얼굴이 붉어졌다.

"정희 누나, 요즘 집에 있어."

"그게 무슨 말이야?"

"결혼했는데 작년 가을에 다시 집으로 돌아왔어. 이혼했거든."

"이혼?"

"애가 안 생긴다고 이혼을 당한 것 같아. 시어머니 되는 양반이 다른 며느리 보겠다고 야단법석을 떤 모양이야. 정희 누나야 어디 그런 소리 들어가면서 그 자리에 눌러 있을 여자가 못 되잖아. 그래서 나온 거지. 위자료도 한 푼 못 받고 도장만 찍어줬다는데……. 그 소리 전해 듣고도 편지도 못했어. 너무 가여워서……."

형은 한동안 두 손으로 얼굴을 감싸고 있었다.

그날 밤, 나는 강 장로님께 국제 전화를 드렸다. 이메일은 안하시는 것 같아서였다. 형을 만났다고 형이 잘 있다고 이야기를 전했다. 장로님은 고맙다고 하시며 앞으로도 계속 소식을 전해달라고 하시며 우셨다. 정희 누나에게는 이메일을 했다. 누나는 바로 답장을 보내왔다.

"네가 가까이 있다니 다행이다. 소식 전해줘서 고맙다."

아주 간단한 답장이었다.

그 후, 나는 몇 번인가 더 형을 만나러 로즈메리 장례식장으로 갔다. 둘 다 바빠서 오랜 시간 이야기를 나누거나 하지는 못했다. 진한 자줏빛 카펫과 품위 있는 보라색 커튼으로 장식된 장례식장 로비에 앉아 있다가 '관계자 외 출입금지'라는 표지판이 걸린 문에서 형이 나오면 함께 차를 마시곤 했을 뿐이었다.

찬바람이 매섭게 부는 12월이 되었다. 하루에 한두 시간 이상의 잠을 불허했던 지옥 같은 학기말 시험이 끝나던 날, 형으로부터 전화가 왔다. 나는 캠퍼스를 벗어나 곧장 장례식장으로 차를 몰았다.

다른 때처럼 로비에서 기다리지 않고 형의 지시대로 '관계자 외 출입금지'라는 팻말을 무시하고 지하로 내려가는 문을 열었다. 계단을 내려가니 포르말린 냄새와 피비린내가 진동하였다. 손으로 코를 막으며 콘크리트 바닥에 내려서자 두 사람이 탁자 쪽으로 허리를 굽힌 모습이 눈에 들어왔다. 탁자 위에는 발가벗긴 남자의 시체가 놓여 있고 피범벅이 된 하얀 가운을 입은 두 사람이 열심히 시체를 만지고 있었다.

덩치 좋은 흑인 남자는 내가 올 것을 알았는지 고개를 끄덕하며 인사했다. 그는 혈관에서 뽑아낸 붉은 피가 바닥에 놓인 커다랗고 네모난 통 속에 잘 들어갈 수 있도록 호스를 조절하고 있었다. 다른 한 사람은 마스크를 썼지만 반듯한 이마며 눈매로 보아 형이 분명하였다. 형은 내 쪽을 보는 듯하더니 몸을 돌려 배속에 든 내장을 가위로 잘라 손으로 꺼내 들통으로 옮겼다. 나도 모르게 욱 하고 속에 것이 나오려고 하면서 어지럼증이 느껴졌다. 형은 손가락으로 벽 쪽에 붙어 있는 싱크대를 눈짓으로 가리켰다. 나는 싱크대에 머리를 박고 몇 번 토했다.

토하고 나니 정신이 좀 맑아졌다. 나는 형의 손끝이 하는 일을 유심히 관찰하기 시작했다. 형은 시체의 입안에 솜을 잔뜩 집어넣었다. 시체의 뺨이 적당히 볼록해지도록 하기 위한 것 같았다. 시체의 턱과 입술이 잘 아물리도록 위아래 잇몸에 투명 실을 걸어 꿰매기 시작했다. 손이 그렇게 재빠를 수 없었다. 하긴 원래 외과 전문의였으니 손이 빠를 수밖에. 이어 시체의 이곳저곳에 붉은 용액이 든 링거와 연결된 주사바늘을 꽂았다. 용액이 잘 퍼지게 하기 위함인지 형은 시체를 진흙 주무르듯 만지기 시작했다. 그러자 이제까지 푸르스름한 빛을 띠고 있던 시체는 마치 다시 살아나기라도 할 듯 여기저기 복숭앗빛으로 변하기 시작했다. 신기했다. 두 사람은 시체를 하얀 시트가 깔려 있는 바퀴 달린 침대로 옮기더니 양복을 입혀주었다. 형은 손에 알코올을 들이부으며 말했다.

"끝났다. 여기까지가 내 일이야. 분칠은 옆방에서 딴 사람이 한다."

가운을 벗고 옷장에 걸려 있던 청바지에 헐렁한 셔츠를 꺼내 입던 형은 나와 얼굴이 마주치자 비식 웃었다.

"얼굴이 왜 그 모양이야? 시체보다 더 파래진 거 알아? 앞으로 목사 될 양반이 이 정도 보고 놀라면 안 되는 거 아냐?"

그때 흑인 사내가 형에게 다가오더니 어깨를 툭툭 쳤다.

"오늘이 마지막이지?"

마지막? 형이 오늘로 이곳에서 일하는 걸 그만둔다는 말인가?

형은 말없이 그냥 고개만 끄덕였다. 사내는 입술을 실룩이다가 물기가 고인 눈을 하고는 형을 끌어안았다.

형이 가방 하나를 들고 계단으로 올라가기에 나도 뒤를 따랐다. 계단 중간쯤 갔을 때, 마른 풀 타는 냄새가 나서 뒤돌아보니 사내가 마리화나를 입에 물고 있었다. 그 눈에서는 자신이 찾던 출구가 이 세상에 없다는 것을 깨달은 자들이 흔히 갖는, 그런 막막함이 느껴졌다. 형이 그동안 어떻게 견뎌왔는지 짐작할 수 있었다. 일 층에 오르니 완연히 딴 세상이었다. 아까와 전혀 달라지지 않은 공간인데도 지옥에서 천국으로 올라온 기분이 들었다. 숨통이 확 트이는 것 같았다. 형이 말했다.

"저 사람이 내게 처음 사냥을 가르쳐준 사람이야."

흑인 사내를 두고 하는 말이 분명했다.

"아내가 다른 남자 아이를 임신한 걸 알고 두 사람 다 죽이고 싶어서 사격 연습을 했대. 근데 막상 사람은 못 죽이겠고 그래서 사냥을 시작한 거라더군. 자기 자신을 제사장이라고 부르는 사람이야. 농담처럼 말하던데 내 귀에는 그럴듯하게 들렸어."

사내의 눈빛에 그런 뜻이 담겨 있었구나…….

"근데 형. 정말 오늘로 여기 그만두는 거야?"

"정식 직원으로 일하는 건 오늘이 마지막이야. 후임자에게 알려줄 게 있어서 몇 번 더 와야 하겠지만."

"왜 그만뒀는지 물어봐도 돼?"

형은 편안한 어투로 대답했다.

"한국 가려고."

나는 마치 엉뚱한 말을 듣기라도 한 듯 되물었다.

"한국?"

거리는 어두워지고 있었다. 형은 근처 한국 식당으로 차를 몰았다. 저녁을 먹기에는 좀 이른 시각이었는지 손님은 우리 둘뿐이었다. 앞치마를 두른 아줌마 혼자 주문도 받고 주방 일도 하는, 허름하고 작은 식당이었다. 아줌마가 뜨끈한 보리차를 갖다 주었다.

"왜 갑자기 결정한 거야?"

형은 보리차를 한 모금 마시더니 빙긋 미소를 지었다.

"때가 된 거겠지."

"때?"

"응."

형은 마치 내 속에 들어갔다 나온 양, 최근 일어난 심경의 변화를 들려주었다.

"얼마 전 사냥을 갔었어. 올해 마지막 사냥이라 생각하고 갔지. 늙은 곰이 있기에 쏘았어. 제대로 총에 맞았는데도 절뚝거리며 한참을 도망가는 거야. 몇 방을 더 쏘았지. 드디어 쓰러지더군. 고통을 없애주려고 아예 한 방을 더 쏘아야겠다고 생각하면서 다가갔지. 그러다 그놈의 눈동자를 보게 되었어. 살려달라고 애원하는 것 같았어. 그때 이런 생각이 들었어. 내가 착각을 하고 있었구나. 곰은 영웅이 아니어도 좋았던 거야. 그냥 늙으면 늙은 대로 영웅이 아니면 아닌 대로 그냥 살아 있길 원했던 거야. 그동안 나는 영웅이 아니면 살아갈 필요가 없다고 생각했었어. 자기 표준치에 도달하지 못하는 삶은 가치 없는 삶이라고 생각했던 거지. 왜 나는 그렇게 생각했던 걸까?"

형은 피곤이 몰려온다는 듯 눈을 한참 감고 있다가 다시 입을 열었다.

"일류병에 걸린 사람들은 불행이 닥치면 불행한 자신을 사람들에게 보여주기보다는 사람들로부터 도망치고 싶어 하지. 아무리 외로워진다 하더라도 말이야. 내가 미국으로 건너와서 여기까지 흘러든 건 바로 그 심리에서 비롯된 것이었을 거야. 근데 죽어가는 곰의 눈동자에서 그것만이 전부가 아니라는 생각을 하게 되었어. 불행을 감당하면서라도 살아야 한다는 거, 그게 내 몫의 인생이라는 거. 그런 게 느껴졌어. 때가 된 거지. 〈용기〉와 씨름할 때가 온 거야. 비켜 가고 싶지만 어쩔 수 없이 맞붙어 싸

위야 하는 그런 때가 온 거야."

〈욥기〉? 그럼, 한국으로 돌아가고자 함도 〈욥기〉와 정면승부하기 위해서란 말인가? 〈욥기〉 38장에서 하나님이 욥에게 나타나신 장면이 떠올랐다. 늘 의문이 드는 부분이었다. 왜 하나님은 욥이 고난을 당할 대로 당한 후에야 나타나신 걸까? 욥은 그만한 고난을 당하면서도 신앙을 지킬 수 있는 사람이라고 생각하셨기 때문일까? 욥에 대한 기대가 큰 만큼 고난도 극심하게 당하도록 내버려두신 걸까? 막바지까지 기다렸다가 나타나셨다면 그 막바지의 기준은 대체 무엇인가. 아직도 이해가 가지 않는다. 언젠가 형과 이 문제를 다시 한 번 이야기해봐야지.

형은 남아 있던 보리차를 마저 들이켜더니 지갑에서 편지 한 장을 꺼냈다.

"읽어봐. 아버지 편지다."

"강 장로님?"

"그래."

편지지 군데군데에 눈물로 인해 종이가 우그러지고 잉크가 번진 것이 눈에 띄었다. 장로님의 편지에는 이런 글이 적혀 있었다.

젊어서 네 엄마랑 사별하게 되었을 때 내 인생에 더 큰 시련이 안 남아 있는 줄 알았다. 그때는 미련한 내게 지혜를 깨닫게 하시려고 이렇게 큰 시련을 주시나 보다 생각해서 하나님에 대한 원망이 오래 가지 않았는데 나이 들어 다가오는 시련은 다르더구나.

편지는 온통 비통함으로 일관되어 있었다. 늘 긍정적인 말씀
만 하던 장로님이셨는데……. 백발노인이 된 장로님의 모습이 떠
올랐다.

형이 말했다.

"아버지를 만나고 싶어."

늙으신 아버지를 붙들어주지 않으면 안 될 것 같은 마음이 들
었던 것일까? 아니면 자신의 고통을 자신보다 더 아프게 여기는
아버지의 품으로 돌아가 위로받고 싶었던 걸까? 아니면 둘 다일
까? 느닷없이 언젠가 외워두었던 성경 구절이 떠올랐다.

누가 우리를 그리스도의 사랑에서 끊으리요. 환난이나 곤고나 핍
박이나 위험이나 칼이랴. 그러나 이 모든 일에 우리를 사랑하시
는 이로 말미암아 우리가 넉넉히 이기느니라.

문득 이 말씀이 고난 속에서도 하나님과의 끈을 놓지 않았던
욥에 대한 신약적 기술이란 생각도 들었다.

"언제 떠날 거야?"

"이 주 후. 가겠다고 마음먹자마자 모든 게 잘 풀렸어. 아파트
건물도 내놓자마자 팔렸고 직장 후임자도 바로 구했고."

나는 안경을 벗어 냅킨으로 안경알을 닦았다. 깨끗이 닦인 안경을 다시 쓰니 모든 것이 훨씬 밝아 보였다. 형의 얼굴에 미소가 얼핏 비쳤다. 모처럼 보는 형의 예전 모습이었다.

"소록도에 갈 거다. 내 몸을 직접 관찰하면서 환자들을 돌볼 거야."

문득 형의 거실에 세워져 있던 박제 곰이 기지개를 켜며 쿵 하고 한 걸음 내디디는 것이 눈에 어른거리는 듯했다. 하얀 가운을 입은 형이 정희 누나와 같이 저녁놀을 받으며 소록도를 산책하는 모습이 그려지기도 했다. 형이 중얼거리듯 말했다.

"진짜 성경을 읽는다는 건 말야. 성경 안으로 걸어 들어가는 일이란 생각이 들어. 자기에게 주어진 인생 전체를 등에 지고 걸어 들어가지 않으면 성경이 말하는 진의를 파악하지 못할 거란 생각도 들고. 의문투성이 진리를 이해하기 위해선 의문투성이 사건과 피 흘리며 씨름해야 하는 건 어쩌면 당연한 것이기도 해. 나도 내 몫의 욥기와 씨름해야겠지."

형은 두 손으로 얼굴을 쓸며 잠시 침묵했다. 형과 중고등학교 시절에 소나기가 내리면 곧잘 고향 강둑을 거닐곤 했었는데 그때 일이 떠올랐다. 물고기들이 물 위로 쑥쑥 튀어 오르다가 다시 잽싸게 잠수하는 광경이 나타나면 우리는 걸음을 멈추고 한동안 그 모습을 함께 바라보곤 했다.

"한번 물 밖을 경험한 물고기는 다시 물속으로 돌아간다 해도 그 전과 같은 생각으로 살게 되진 않을 거야. 물속을 헤엄치고 다니면서도 끊임없이 물 밖의 하늘을 가슴 속에 지니며 살게 되지 않을까?"

이런 말을 했던 건 누구였던가? 형이었던가? 나였던가? 잘 생각이 나지 않는다.

주문한 음식들이 한꺼번에 나왔다. 아침부터 시리얼 외에는 아무것도 먹은 것이 없다는 생각이 들었다. 나는 앞에 놓인 밥이며 반찬이며 이것저것 가리지 않고 입에 넣기 시작했다. 오랜만에 먹어보는 맛있는 음식이었다.

6

나바호의 노래

전화를 끊자마자 바로 여행사 사무실을 향해 차를 몰았다. 팁을 두둑하게 챙길 수 있는 절호의 기회가 왔다고? 그렇지 않아도 한동안 가이드 일이 끊어져서 주머니가 홀쭉했는데 잘됐구나 싶었다. 로스앤젤레스 다운타운 한복판에 자리한 사무실에 들어서자마자 잽싸게 주위를 둘러보았다. 조 사장이 전화로 말한 그 거물급 손님이 이미 당도했을까, 어떻게 생긴 사람일까 몹시 궁금했기 때문이다.

사무실에는 사장 외에 사십 대 후반으로 보이는 촌스런 복장의 중년 남자가 불안한 표정으로 창가에 서성거리고 있을 뿐이었다. 그의 얼굴을 흘낏 훔쳐보았다. 한 길만 파고든 외골수들이 가질 법한 단단한 턱선과 뭉실하면서도 넓게 퍼진 코가 묘한 조화를 이루었다. 계절에 맞지 않는 버버리 밤색 긴팔 셔츠는 떡 벌어진 어깨를 더욱 강조했고 검정색 고급 양복 바지와 네온 테가 둘린, 요즘 유행하는 나이키 새 운동화가 부자연스러웠다. 한마디로 머리끝에서부터 발끝까지 촌티가 흘러 넘쳤다. 그는 누가 훔쳐 달아날까 봐 걱정이라는 듯 루이비통 패턴이 잔뜩 그려진 여행 가방 손잡이를 꽉 잡고 있었다. 혼자서 호화 여행 경비 전액을 부담하겠다고 호기롭게 나선 거물이 설마 저 사람은 아니겠지. 나는 안락의자에 몸을 기대고 신문을 펼쳤다. 막 누군가와 전화 통화를 마친 사장은 만면에 미소를 띠며 곧바로 그 남자에게 다가갔다.

"오래 기다리시게 해서 죄송합니다."

조 사장은 호인처럼 보이는 함박 미소를 지으며 그에게 정중히 인사를 했다. 그러더니 나에게도 그쪽으로 오라고 손짓했다.

"인사드려. 이쪽은 이번에 자네가 모시게 될 구희태 사장님이셔."

그럼 나와 여행할 사람이 바로 이 촌티? 아, 또 사장에게 속았다. 오랜만에 두둑한 팁 챙길 기회가 왔다고? 이런 사람에게 무슨 팁다운 팁을 기대한단 말인가? 게다가 이름은 왜 구희태란 말인가? 구태의연한 희망의 준말인가? 아무튼 맘에 드는 게 하나도 없었다. 내 속을 다 들여다보았는지 사장이 팔을 툭 쳤다.

"이 사람 뭐 해? 자, 인사드리라고."

나는 하는 수 없이 고개를 숙였다.

"성심껏 모시겠습니다. 이번에 사장님의 가이드를 맡게 될 미스터 김입니다."

조 사장이 말했다.

"이번에 모실 구 사장님은 한인 사회에는 별로 알려져 있지 않아 자네가 잘 모르겠지만 말이야. 최고의 맛집으로 〈LA 타임스〉에 소개된 일식당 주인이셔. 게다가 스시맨까지 겸하니까 한마디로 요식업계의 황제라고 할 수 있는 분이지. 맞지요, 사장님?"

그는 자기 자랑을 듣는 게 어색했던지 "아, 예……" 하고 건성으로 대답하면서 살짝 얼굴을 붉혔다.

요식업계의 황제? 흥. 웬만한 집 치고 〈LA 타임스〉에 안 실려본 식당이 어딨어? 게다가 사장이 스시맨도 겸한다면 규모도 거기서 거길 텐데……. 하여튼 조 사장, 손님 비위 맞추는 데는 도사라니까.

조 사장은 그가 잠시 화장실을 간 사이에 눈을 한번 굴리더니 내 귓전에 대고 속삭였다.

"생김새는 저래도 말이야. 진짜 알부자라니까."

"손님이 부자든 아니든 그게 무슨 상관이에요? 저야 가이드로서 잘 모시면 그만이지요."

나는 시큰둥해서 입에서 나오는 대로 내뱉었다.

"물론 자네가 외모나 부로 사람을 판단하는 그런 부류의 사람이 아니라는 건 누구보다도 내가 젤 잘 알지. 근데 말야. 구 사장이 부자라는 건 사실인데……."

"무슨 말씀을 하시려는 건데요? 뜸 들이지 말고 바로 얘기하세요."

"학력이 중졸이야."

"중졸요? 요즘 세상에 고등학교 안 나온 사람도……."

그때 그가 우리 쪽으로 다가오는 것이 보여 나는 중도에 말을 끊었다. 나는 가이드라 해도 보통 가이드들과는 다르다. 학력도 높은 데다가 가이드로서 뚜렷한 철학을 가진 사람이다. 여행 첫날부터 유식한 말로 손님들을 살짝 눌러서 가이드의 권위를 세워야 팁도 많이 생기고 여행이 여행다워져 손님의 안전도도 높아진다는 걸 신조로 지켜오는 사람이다. 그런데 중졸이라니. 이렇게 가방끈이 짧은 사람에게 어떻게 지식인으로서의 내 기량을 한껏 뽐낼 수 있단 말인가. 아무튼 오늘은 재수 옴 붙은 날인 게야. 나도 모르게 한숨이 흘러나왔다.

라스베이거스행 비행기 안에서 나는 조 사장이 건네준 여행 스케줄을 살펴보기 시작했다. 첫날은 공항 근처 별 다섯 개짜리 벨라지오 호텔에서 묵는 걸로 되어 있었다. 본격적인 대협곡(캐니언) 여행을 시작하는 다음 날은 브라이스 캐니언 국립공원 깊숙이 자리한 호텔. 사흘째와 나흘째, 이틀 동안은 모뉴먼트 밸리 인디언 마을에 단 하나 있는 인디언 문화 냄새가 물씬 나는 전통 호텔. 캐니언의 마지막 밤은 그랜드 캐니언 공원 호텔에서 지내고 다시 라스베이거스를 거쳐 LA 공항으로 돌아오는 일정이었다.

이게 뭐지? 사실 나는 좀 놀랐다. 그동안 수없이 이 코스의 가이드를 맡아봤지만 대부분 고급 여행이라는 인상을 주기 위해 첫날과 마지막 날만 비싼 호텔을 예약하고 중간에 끼인 날은 별 세 개 이하의 일반 호텔을 예약한다. 근데 이번 일정은 모두 사성급 이상의 최고급 숙소로만 되어 있었다. 지난번, 재벌가가 묵었던 바로 그 최고급 숙소들이었다. 드문 일이었다. 손님의 옷차림과 생김새만 보고 좀 과소평가했던 게 아닌가 하면서도 그의 중졸 학벌이 다시 머릿속에 떠올랐다. 무식한 사람들이 돈을 벌면 이렇게 아무렇게나 막 쓴다니까. 돈이란 건 나같이 머리 좋은 사람에게 주어져야 하는 건데 말이지. 그렇게 혼자 심통을 내다가 문득 그가 손목에 찬, 다이아몬드 장식을 두른 롤렉스 시계에 눈길이 갔다. 이 사람 비위를 잘 맞추면 혹시 조 사장 말대로 팁을 제대로 챙길 수 있을지 몰라. 이런 생각이 스쳤다. 나는 목소리를 가다듬고 말을 걸어보았다.

"미국에 오신 지 오래되셨나요?"

나는 손님들에게 처음으로 말을 건넬 땐 항상 백 퍼센트 "네"라는 대답만 가능한 질문을 한다. "네"라는 단어는 대화를 유연하게 만들어주기 때문이다. 물론 그는 미국 온 지 당연히 오래되었을 것이다. 그의 복장이 말해주고 있지 않은가. 아마 삼십 년 쯤 되었을 것이다. 이민자 중에는 명품 옷을 걸쳤는데도 촌티를 벗어나지 못하는 사람이 꽤 많다. 세월이 정지된 이민자들. 삼십 년 전에 온 사람은 삼십 년 전의, 이십 년 전에 온 사람은 이십 년 전의 시대적 특징에서 잘 벗어나지 못한다. 이 사람이 걸친 것 중 운동화만 빼놓고 남자 옷이라면 버버리, 시계라면 롤렉스 였던 삼십 년 전의 그 케케묵은 센스에서 벗어나질 못하고 있다.

"이제 삼십 년이 다 되어갑니다."

역시 내 짐작이 딱 들어맞았군. 센스가 없이 비싼 옷만 걸쳤을 때는 촌티가 더 두드러지게 나타나는 법이지. 내 입꼬리가 귀 쪽 으로 당겨지는 것이 느껴졌다. 나는 여유 있게 다음 질문으로 넘 어갔다.

"여행이란 여행은 웬만한 데 다 해보셨죠?"

분명 다 가봤을 것이다. 이런 촌티들은 여행의 본래 목적을 망 각한 채 발도장 찍는 데만 관심이 많아 남들이 가본 데라면 무조 건 돌아다니곤 한다. 그런데 그의 입에서 나온 말은 의외였다.

"아닙니다. 여행은 미국 와서 이번이 처음입니다."

나는 그의 얼굴을 똑바로 보았다. 여행이 처음이라니?

"국내 여행도요?"

"네. 외국 여행은 물론이고 지난 삼십 년 동안 캘리포니아에서 한발도 벗어나본 적이 없습니다."

그는 겸연쩍은 듯 머리를 긁적이며 말했다.

"지금 사시는 곳이?"

"LA입니다. 계속 LA에서 살았지요."

"미국 오신 지 삼십 년이 다 되어가시고 계속 LA에 사셨는데 여행을 안 하셨다고요?"

요즘 시대에 LA만큼 여행하기 쉬운 곳이 어디 있는가? LA는 여행 천국이라 해도 과언이 아니다. 여행사가 많다 보니 경쟁도 치열해 싸고도 좋은 상품이 많은 데다가 바쁜 직장인을 위한 당일치기 여행도 부지기수다. 그런데 여기 살면서 여행을 한 번도 안 가봤다니?

나는 놀란 마음을 진정시키려고 헛기침을 두어 번 했다. 그러니까 돈 버는 것 외에는 그 어떤 일에도 관심이 없었단 말이지. 여행이라는 것도 처음이고……. 가만 있자. 그렇다면 혹시 여행 가이드에게 팁 주는 제도도 모르는 거 아냐? 생각이 여기에 미치자 갑자기 혈압이 오르는 것 같았다. 어쩌지? 민망하게 헤어질 때 내 입으로 팁 달란 소릴 하면서 손 내밀어야 하는 거 아냐? 나는 기분이 몹시 언짢아졌다.

다음 날 아침. 나는 옆 좌석에 그를 앉히고 15번 국도를 달리기 시작했다. 이제 본격적인 캐니언 여행으로 접어들었으니 뭔가 여행지에 대해서 설명해야 할 때가 온 것이다. 캐니언 여행

만을 집중 선택한 손님은 대부분 제법 여행을 즐길 줄 아는 소위 여행 베테랑이다. 이런 자들을 상대할 때는 미시간 대학 여행학과를 우수한 성적으로 졸업한 나의 지적 수준을 자랑할 수 있는 문구들을 줄줄 쏟아내면 그만이었다. 여기저기 여행 잡지에서 뽑은 멋진 문장과 나의 명석한 두뇌에서 쏟아져 나온 문장들을 조합해서 만든 소개말은 내가 수백 번도 더 되풀이해온 것이어서, 자다가도 조사 하나 틀리지 않고 외울 수 있다.

"흔히들 여행을 다녀오면 사진밖에 남는 게 없다는 이야기를 하시는데 저와 함께하는 이번 여행은 좀 다를 겁니다. 우리 여행사에서 기획한 이번 여행의 특징은 선으로 이어지는 여행이라는 걸 말씀드리고 싶은데요. 점에서 점으로 이동하는, 행선지만 바꾸는 그런 여행이 아니지요. 국립공원 안의 숙소에서 지내면서 캐니언의 밤과 새벽을 맛보고 캐니언을 진정으로 향유하시게 될 겁니다. 또 인디언 마을 깊숙이 들어가 마차를 타고 다니면서 인디언 고유의 음식을 먹고 그들과 함께 이야기를 나누는 시간을 갖도록 한 것은 인디언의 정신과 영혼을 깊숙이 만나보시게 하기 위함입니다. 이러한 여행은 틈으로서의 여행이라고 할 수 있는데……."

하지만 이 손님에게는 이런 말을 주절거릴 필요가 없다. 나는 최소한의 설명만 하고 강물을 소재로 한 노래만으로 내가 직접 편집한 시디를 골라 틀었다.

다른 한국 손님들을 모실 때는 이 시디를 배경음악으로 틀어 놓고 파울로 코엘료의 소설에 나오는 시 〈흐르는 강물처럼〉을 에스파냐어로 암송하곤 한다. '세르 코모 엘 리오 케'로 시작하는 암송이 끝나면 여자 손님들은 거의 다, 남자 손님들도 반 이 상은 내게 넘어온다. 손님 중에 누가 가사의 뜻이 뭐냐고 물어오면 못 이기는 체하면서 번역을 해주는데 그땐 반드시 영어를 사용한다. 한국어로 하는 것보다 영어를 쓰면 효과가 몇 배로 불어난다. 영어로 하면 한국 손님들은 자기가 영어를 어느 정도 알아듣고 있다는 사실만으로도 내용과 관계없이 감동하고 실제 내용까지 좋으면 효과는 증폭된다. 그래서 나는 여행 중에 손님들에게 들려줄 몇 편의 시는 영어는 물론, 에스파냐어, 프랑스어, 도이치어, 이탈리아어와 같은 원어로도 외워둔다. 하지만 이 사람에겐 나의 재주를 보일 필요가 없다. 자칫 우리 사이의 거리감만 조장하는 꼴이 될 테니까. 내 재주를 나타내지 못한 안타까움이 일기도 했지만 많이 섭섭한 건 아니다. 때로 이런 날도 있는 것이다.

다섯 시간쯤 달리자 적토색과 녹회색 빛의 거대한 사암이 나타났다. 자이언 캐니언이었다. 날씨까지 받쳐줘서 파란 하늘과 사암의 대비가 절로 감탄을 자아냈다. 그런데 그는 조망대에서 그 웅장한 광경을 마주하면서도 눈만 몇 번 껌벅거릴 뿐 이렇다 할 표정의 변화를 보이지 않았다. 여행이라곤 처음 해봤다면서 어떻게 이 같은 장관 앞에서 이토록 담담할 수 있단 말인가. 나는 약간 과장된 어투로 물어보았다.

"굉장하죠?"

"아, 예……."

아, 예? 그냥 아, 예? 기가 막혔다. 이런 사람에게 무슨 말을 할수 있단 말인가. 회의가 일었다. 하지만 가이드로서 최소한의 의무를 해야 했기에 나는 사진기를 꺼내 보이며 짐짓 밝게 웃었다.

"사진 찍으시겠어요? 찍어드릴까요?"

"아, 예……."

그는 지나치게 사진기를 의식해서인지 웃으려 하다가 입가가더욱 굳어져서 그만 화가 난 것처럼 보였다. 나는 배경을 조금씩바꾸어 서너 번 셔터를 누르다가 사진기를 주머니에 집어넣었다. 그의 얼굴이 점점 더 일그러지더니 마침내 우는 것처럼 보였기 때문이다. 그는 내가 사진기를 집어넣는 것을 보고야 얼굴에긴장을 풀고 주위를 둘러보더니 한마디 내뱉었다.

"하늘이 참 넓군요."

그러고는 하늘을 본격적으로 바라볼 양으로 고개를 젖힌 채하늘을 보기 시작했다. 마치 이곳에 하늘을 보러 왔다는 듯이. 왜 그랬을까. 문득 이 사람은 여행을 즐기기 위해서가 아니라 무언가를 떨쳐버리기 위해서 이곳에 온 게 아닐까 하는 느낌이 들었다. 슬쩍 긴장이 되었다.

점심을 간단히 먹고 우리는 다음 행선지인 브라이스 캐니언으로 향했다. 미국에서 아름답기로 손꼽히는 12번 국도를 달리는데도 그의 입에선 단 한마디의 감탄사도 흘러나오지 않았다. 즐비하게 펼쳐져 있는 사암이며 봉우리들……. 빙하시대의 얼음덩어리가 녹으면서 떠내려가고 남은 것들이 이룬 저 웅장한 사암……. 아무리 자주 보아도 볼 때마다 장관이란 생각이 드는데 그는 아무 느낌도 없는 모양이었다. 식당 주방에만 갇혀 일하다 보니 아예 감각이 마비되어버린 걸까. 그래. 세상에는 이런 사람도 있는 것이다. 나는 그의 미적 감각을 자극하기 위한 최소한의 노력조차 할 필요가 없음을 느끼며 입을 다물었다.

브라이스 캐니언의 일몰 조망대에 이르렀을 때는 온 천지가 홍시 빛이었다. 수많은 주홍빛 돌기둥은 원형 극장에 모여 하늘로 날아오르기 위해 붉은 날개를 펼친 것처럼 빛나고 있었다. 거기서도 그는 무표정으로 일관했다. 나는 팁이고 가이드의 기본의무고 다 생각지 않기로 했다. 스케줄대로 움직이다가 로스앤젤레스로 다시 돌아가면 그뿐이다. 산 속이어서 그런지 일몰은 그 어느 곳에서보다 빠른 속도로 진행되고 있었다. 내려가시죠, 하고 말하자 그가 뜻밖에 이런 대답을 했다.

"그럽시다. 서둘러 내려갑시다. 계속 보고 있으면 벌을 받을지 모른다는 생각이 드는군요. 사람이 죽을 때 이런 곳을 지나게 될지도 모르겠네요."

나는 심히 당황스러웠다. 무언가 말할 거라 예상한 곳에서는 침묵하다가 처음으로 제법 긴 호흡의 말다운 말을 한 게 이런 말이라니. 이 사내. 도대체 머릿속에 뭐가 들어 있는 걸까? 그의 말 때문인가. 조금 전까지만 해도 기마전이라도 벌이는 것 같은 멋진 풍광이 언뜻 죽음의 마을에 들어선 문둥이들이 수건으로 몸을 가리고 마지막 유언을 내뱉기 위해 서성거리는 것처럼 음산하게 느껴졌다. 그는 몸을 돌려 아까 올라오던 길을 향해 나보다 앞서 내려가기 시작했다. 그의 등 뒤로 붉은 노을이 산 그림자 속에서 스산하게 일렁거리고 있었다.

다음 날은 아침부터 햇볕이 얼마나 뜨거운지 검은 개미도 금세 불개미로 변해버릴 것만 같았다. 스케줄대로라면 여기서부터 한참을 달려 95번 국도에 맞닿아 있는 캐니언랜즈에 도착해서 두 시간을 등반해 아치 형태의 바위를 구경하는 걸로 되어 있다. 날씨 때문에 난감해 하고 있을 때 그가 다가왔다.

"오늘 날씨도 그러니 구경은 그만하고 하루 그냥 호텔에서 푹 쉽시다."

반갑기 짝이 없는 제안이었다. 손님 쪽에서 먼저 이런 말을 하니 고맙기도 하고 어째 뭔가 잘못 돌아가고 있다는 느낌이 없잖아 들기도 했지만 지금 형편으로선 더 움직이는 게 불가능할 것 같았다. 호텔 로비에 도착했을 때 나는 그에 대한 감사의 표시로 친절한 말투로 우리가 오늘 빼먹은 곳과 내일 갈 곳에 대해 제법 자세히 설명하기 시작했다. 다음 행선지는 모뉴먼트 밸리였다. 내가 모뉴먼트 밸리라는 말을 꺼냈을 때 그의 얼굴에 얼핏 전에 없던 표정이 떠올랐다. 몹시 궁금했던 것을 대하게 되었을 때의 긴장감과 기대감 같은 것이었다.

"드디어 거길 가는군요."

드디어 가다니? 이번 여행이 미국 처음 여행이라고 했으니 직접 가보지는 않았을 테고. 이상하다는 생각이 들었다.

"모뉴먼트 밸리를 좋아하세요?"

"글쎄요. 좋아한다고는 말할 수 없지만…… 관심은 좀 있지요. 이번 여행의 목적이 바로 그곳이라고 해도 과언이 아니고요."

모뉴먼트 밸리가 목적이었다고? 모뉴먼트 밸리는 다른 곳에 비해 풍경이 잔잔해서 사진 기자나 예술가가 좋아하는 곳이긴 해도 일반 관광객들에게 볼거리를 그리 많이 제공하는 곳은 아니다. 만약 이번 여행이 특급 관광 코스가 아닌 일반 캐니언 여행이었다면 이곳은 그냥 지나쳤을지도 모른다. 어떤 영화나 잡지에서 이곳을 감명 깊게 보았던 걸까? 아니면 혹, 무슨 사연이 있는 것일까?

다음 날, 모뉴먼트 밸리를 향해 163번 국도를 타고 달리는 동안 우리 사이에는 다시 긴 침묵이 흘렀다. 전과는 다른 침묵이었다. 내 머릿속은 사내에 대한 궁금증으로 요란해졌다.

서서히 파란 하늘 아래 넓은 챙을 가진 모자 모양의 암반이 보이기 시작했다. 모뉴먼트 밸리가 가까워지고 있었다. 미국 정부가 한때 내쫓았던 나바호족에게 자치령이란 이름을 붙여주며 뒤늦게 그들의 권리를 인정해준 곳. 하지만 관광 수입 외에는 특별한 수입이 없어 여전히 가난하기만 한 땅. 제법 넓은 간격의 암반 사이에 우리가 묵을 호텔 외에는 이렇다할 가옥이나 나무가 없어서인지 암반들은 바닥이 드러난 외로운 섬 같아 보였다. 호텔까지 멀지 않아 보이지만 여기서부터는 내비게이션도 말을 듣지 않는 데다가 급경사가 시작되고 밑에는 낭떠러지이니 정신을 바짝 차려야 한다. 나는 속도를 시속 5마일(약 8킬로미터)로 줄이고 두 손으로 핸들을 꼭 잡았다. S자로 휘어지는 길에서 그가 갑자기 소리를 높이며 말했다.

"여기에 잠깐 세워주십시오."

"네? 여기에 세워달라고요?"

내 귀를 의심했다. 여기는 특별한 구경거리가 없을 뿐더러 길이 좁고 험해서 딱히 주차할 만한 곳도 없다. 그런데 여기에 세워달라니? 나는 그의 말을 무시하려고 했다.

"잠깐, 잠깐이면 됩니다. 꼭 세워주십시오."

그의 목소리는 단호했다.

나는 차를 세웠다. 그가 내렸다. 나는 차에서 내리지 않고 창밖으로 그를 지켜만 보았다. 그는 낭떠러지로 이어지는 길 가장 자리에 서서 아래쪽을 내려다보는 것 같았다. 그가 서 있는 곳에는 나무로 만든 십자가가 꽂혀 있었다. 누가 여기서 교통사고로 죽은 모양이었다. 십자가에는 검은색으로 '정선미, 여기 잠들다'라는 한글이 적혀 있었다. 문득 정선미란 여인과 그가 가까운 관계였음이 틀림없다는 생각이 들었다. 낭떠러지를 향해 서 있는 그의 뒷모습에서 뭐라고 형용하기 어려운 막막함이 느껴졌다. 다시 차로 돌아와 좌석 벨트를 하는 그의 손끝은 미세하게 떨리고 있었다. 나는 천천히 호텔 쪽으로 차를 몰았다.

모뉴먼트 밸리 호텔에 들어서자마자 나는 그에게 카드키를 넘겨주고 곧장 노천 식당으로 갔다. 시원한 음료수를 마시고 싶다는 생각이 간절했기 때문이다. 식당 한쪽 벽에 부착된 커다란 스크린에는 모뉴멘트 밸리가 배경인 존 웨인 주연의 〈수색자〉라는 흑백영화 필름이 돌아가고 있었다. 인디언을 침략자로, 백인을 피해자로 설정해놓은 영화. 인디언이 백인 가족을 위협해서 어쩔 수 없이 백인이 인디언과 전쟁을 벌이게 된 것처럼 서사를 이끌어가는 영화. 이렇게 역사를 바꾸어 해석하고도 이 영화는 1950년대 서부 영화를 대표하는 영화로 알려져 있다. 이 노천 식당은 종종 이 영화를 상영함으로써 역사의 현장에서 역사를 왜곡한다. 환등기가 쏘아내는 삼각형의 불빛 사이로 맥주병을 손에 든 그가 지나가는 것이 보였다. 마침 거칠게 말을 달리던 존 웨인이 강을 건너오는 인디언을 향해 탕하고 총을 쏘았다.

그의 그림자가 화면 위를 덮고 있어서 총알이 마치 그의 몸속 어디론가 사라지는 것 같았다. 나는 천천히 그가 식당을 빠져나가 호텔로 사라지는 것을 지켜보았다.

다음 날 아침이었다. 붉은 해가 편편한 암반 위에 떠올라 세상을 환하게 비추고 있었다. 약속한 시각에 호텔 입구로 나가니 막 마차에서 내린, 마흔 살 전후로 보이는 인디언 사내가 우리에게 다가왔다. 여느 인디언 가이드처럼 깃털 장식을 머리에 꽂거나 뼈로 된 목걸이를 두르진 않았지만 숱 많은 머리카락과 굵고 진한 눈썹, 뚜렷한 광대뼈며 넓적한 귀에서 전형적인 인디언의 특징이 그대로 느껴졌다. 그리고 유난히 오른쪽 다리를 심하게 저는 게 눈에 띄었다.

"미스터 김이시죠?"

그는 유창한 영어로 내게 물었다. 인디언들이 영어를 주 언어로 사용한다는 걸 알면서도 그들의 입에서 유창한 영어가 나올 때마다 신기하게 느껴진다.

"오늘 가이드를 맡은 '검은말'입니다. 타시죠."

검은말은 우리를 마차에 태워 '세 자녀'라는 이름을 가진 흙기둥과 성지로 알려진 '신의 기둥'에서 잠시 정거하면서 거기에 얽힌 전설을 들려주었다. 다시 마차에 타고 다음 행선지로 이동하려고 할 때에 그가 검은말에게 말을 걸었다.

"혹시 '태양의 눈'이란 곳을 아시나요?"

태양의 눈? 처음 듣는 지명이었다. 나같이 경험 많은 가이드에게 이름조차 생소한 장소는 대체로 두 가지 경우에 해당한다. 수준급 관광지가 될 만한 장소이지만 사람들의 눈에 띄지 않는 아주 험한 곳에 있다가 최근에 발견되어 아직 대중에게 알려지지 않은 곳. 아니면 가봤자 별 볼 일 없는 시시한 곳. 둘 중 하나이다. 관광 사업이 엄청나게 발달한 요즘은 웬만한 곳은 이미 다 발굴된 터라 알려져 있지 않은 곳은 거의 없다. 그러니까 새로운 곳이라고 해서 찾아가 보면 대체로 후자에 속한다. 누구에게 들으셨는지 몰라도요, '태양의 눈'은 제가 아직 한 번도 들어본 적이 없는 곳이니까 가봤자 별 볼 일 없을 거예요. 나는 이렇게 이야기해주고 싶었지만 잠자코 있기로 했다. 검은말에게 물어봤으니 검은말이 대답해주어야 할 문제이기도 하고 이 경우, 현지 가이드가 출발지 가이드보다 우선 한다는 가이드의 법칙에 따라야 하기 때문이다. 검은말이 대답했다.

"알지요. 물론 잘 압니다. 그곳은 우리의 성지니까요."

"성지가 참 많군요."

나는 다소 빈정대는 투로 말했다. 나바호는 사실 사방천지가 성지 아닌가? 근데 또 무슨 성지. 검은말은 내 마음을 읽었는지 이렇게 말했다.

"그러게요. 우리 조상들은 무척 외로웠나 봅니다. 성지를 이렇게 많이 만든 걸 보면요."

나는 검은말을 힐끗 보았다. 말솜씨가 제법이라는 생각이 들었다. 그때 그가 검은말에게 '태양의 눈' 이야기를 다시 꺼냈다.

"그곳이 여기서 먼가요? 좀 멀어도 가볼 수 없을까요? 꼭 가보고 싶은데요."

그의 목소리는 간곡했다. 검은말은 마차에 타라는 손시늉을 했다.

'태양의 눈'으로 가는 길에는 특별한 볼거리가 없었고 마차 바퀴 밑에서 흙먼지가 심하게 일었다. 흙먼지가 목에 걸릴 때마다 잔기침이 터졌다. 삼사십 분 지나자 검은말은 휘이휘이 말고삐를 늦추기 시작했다. 사방을 휘둘러보았는데 모래벌판에 돌기둥 몇 개가 서 있을 뿐이었다. 돌기둥이 사람 키 스무 배 정도로 유난히 크다는 것 외에는 이 근처 어디서나 볼 수 있는 돌기둥이었다.

마차에서 내린 검은말은 다리를 절뚝이며 그중 가장 키가 큰 돌기둥을 향해 걸어갔다. 이런 모래 흙길을 자주 다녔기 때문일까? 다리가 비정상이어서 몸 전체가 요동친다기보단 춤을 추고 있는 것 같았다. 무척 자유로워 보였다.

검은말은 '태양의 눈'이란 팻말이 붙어 있는 돌기둥 앞에서 걸음을 멈추었다. 사내와 나도 그 앞에 섰다. 검은말은 손가락을 뻗어 위를 가리켰다.

"저기 앞으로 이마처럼 튀어나온 꼭대기 부분을 자세히 보세요."

그의 손끝이 가리키는 곳을 보니 돌기둥 이마에 해당하는 부분에 커다란 크기의 순한 황소 눈빛을 한 눈이 그려져 있었다. 그리고 그 밑으로 수많은 마른 물줄기가 각도를 조금씩 달리하며 아래를 향해 죽죽 파여 있었는데 풍화작용에 의해 만들어진 것이라 짐작이 갔다.

"지금은 태양이 이미 지나가버려서 잘 느끼지 못하시겠지만 태양이 이곳을 지나는 정오에 오면 저 물줄기에 정말 눈물이 흐르는 것처럼 보입니다. 우리 부족은 이곳을 성지로 생각하고 있습니다. 마음이 아플 때 이곳을 다녀가면 치유가 된다고 믿어요. 실제로 나도 이곳에서 치유받기도 했고요. 내가 자주 기도하러 오는 곳이기도 하지요."

실제로 자기도 여기서 치유를 받았다고? 검은말의 표정은 사뭇 심각했다.

"그래서 이곳이 다른 사람에게도 알려졌음 하는 마음이 들기도 하지만, 한편으론 소문이 나서 구경꾼이 많이 모이게 되면 이곳의 본래의 의미가 사라져버리고 효험이 없어지면 어쩌나 걱정이 되기도 해요. 아까 이곳으로 와달라는 손님의 부탁이 없었다면 이곳은 그냥 지나쳤을 거예요."

그의 말이 제법 설득력 있게 들렸다. 혹 유명세를 아직 타지 못한 장소를 새로운 관광지로 만들기 위해 원래 없던 전설을 그

릴듯하게 만들어낸 것은 아닐까 하는 혐의도 어느 정도 누그러졌다. 구희태는 여전히 '태양의 눈'에서 시선을 거두지 않았다. 목을 거의 구십 도로 꺾으며 위만 바라보고 있던 그가 검은말 쪽으로 얼굴을 향하더니 아주 낮은 어조로 질문을 던졌다.

"여기 자주 오셨다면 혹 여기서 한국 여자를 본 적이 없습니까?"

검은말은 골똘히 생각하더니 어느 순간 눈을 반짝거렸다.

"그림 그리는 분, 말씀하시는 겁니까? 교통사고로 몇 달 전 죽은 분요?"

"네. 맞습니다."

"저랑 여기서 몇 번 마주쳤지요."

"마지막 날, 동행도 있었지요?"

그의 목소리가 떨리는 것 같았다.

"네. 평소에는 남자는 여기서 사진을 찍고 여자는 그림을 그렸는데 그날은 두 사람 다 작업은 하지 않고 얼마 안 있다가 다시 호텔로 돌아가는 것 같았어요. 호텔 사람들이 하는 말을 전해 들었지요. 같이 온 남자분과 오래 말다툼을 하다가 여자분이 먼저 차를 타고 나갔는데, 잠시 후 사고가 난 거라 하더군요."

검은말은 거짓을 말해서는 안 되는 증인석에 선 사람처럼 정직한 눈빛으로 또박또박 진술하듯 말했다.

그는 더 아무 말도 묻지 않았다. 검은말도 입을 다물고 사내를 물끄러미 보기만 하였다. 문득, 어제 호텔로 오던 중에 나무 십자가에 적혀 있던 이름이 생각났다. 정선미였던가? 이들이 주고받은 말이 바로 그 여자에 대한 것이라 짐작이 갔다.

그는 한동안 꿈쩍도 않고 '태양의 눈'을 쳐다보고 있었다. 붉게 충혈된 눈도 그러하거니와 두 주먹을 꼭 쥐고 뻣뻣하게 굳은 채 서 있는 모습이 치유를 바라는 자의 태도는 아닌 게 확실했다. 오히려 자신에게 불공평한 처사를 내린 신과 눈싸움이라도 하겠다는 듯이 사나운 태도로 '태양의 눈'을 쏘아보고 있었다.

검은말이 끄는 마차는 그곳을 떠나 납작한 지붕을 한 허술한 집 대여섯 채가 있는 곳에 도착했다. 어느새 해가 중천을 넘어서고 있었다. 검은말은 이곳이 나바호족이 사는 마을이라고 하고는 그중 가장 넓어 보이는 집으로 우리를 안내했다.

마당에는 인디언 할머니와 꼬마 사내아이가 식사 준비를 하느라 바삐 움직이고 있었다. 꼬마는 전통 인디언 복장을 하고 있었지만 피부색이 밝아 보였고 눈동자에도 파란 기운이 돌아 한눈에도 백인과의 혼혈인 것을 알 수 있었다. 누런 빛깔의 포대 같은 옷을 입은 할머니는 얼굴에 뒤덮인 깊은 주름살 때문인지 모든 걸 초월한 듯한 인상을 풍겼다. 할머니가 야생 쌀로 만든 밥과 옥수수 알갱이가 그대로 들어 있는 스프, 구운 감자와 타코를 우리 앞에 내밀었는데, 간단해 보였지만 하나하나 모두 맛있었다. 하지만 그는 숟가락으로 스프만 떠 마실 뿐 식욕이 통 없는 모양이었다. 우리 주위를 맴돌던 아이가 심심했던지 식사를 하고 있던 검은말에게 달려가 두 팔을 앞으로 내밀었다. 검은말은 입으로 가져가던 숟가락을 도로 내려놓더니 아이를 번쩍 들어 올려 목말을 태웠다. 검은말은 아이의 발을 두 손으로 꼭 붙든 채 빙글빙글 돌기 시작했다. 할머니는 그들의 노는 모습을 보고 혀를 쯧쯧 찼다.

"밥이나 마저 먹고 놀아주든지 할 것이지……."

할머니는 내 스프 그릇이 빈 걸 보고 스프 냄비를 통째로 탁자로 옮겨 왔다.

"넉넉히 끓여놨으니 많이 드시구랴."

"저 아이가 검은말의 아들인가 봐요."

저만치 검은말과 아이가 모래 위에서 뒹구는 모습을 바라보며 내가 묻자 할머니가 빙긋 미소 지었다.

"그렇게 보이우?"

"아닌가요?"

"아들은 아들인데 친아들은 아니라우. 저 사람 죽은 아내가 남기고 간 자식이오."

"죽은 아내요?"

내가 말을 받았다. 할머니는 긴 한숨을 내쉬더니 무심한 듯 말했다.

"아내가 외지 남자하고 여길 떠났는데 만삭이 되어 다시 나타났지 뭐요. 내가 이 마을 산파라서 저 아이를 내 손으로 받았는데 저 아이 엄마는 아이를 낳고 며칠 되지 않아 죽고 말았지요. 그 후 저 사람이 아이를 친자식처럼 키우게 된 거라오."

어떻게 그럴 수가 있느냐, 말도 안 된다는 생각을 하다가 구희태와 눈이 마주쳤다. 그의 미간이 눈에 띄게 좁아지면서 눈썹이 꿈틀거렸다. 할머니는 우리의 마음을 읽었는지 이런 말을 덧붙였다.

"그렇게 놀라지들 마시오. 우리 마을에선 흔히 일어나는 일이니까. 누구든 젊은 시절 이곳을 벗어나고 싶어 한다는 걸 이해하고 있고 여자들이 이곳을 떠나기 위해 가장 손쉬운 방법은 외지 남자를 따라 가는 거라는 걸 알기 때문에 이 마을 사람들은 그런 일을 했다고 해서 그걸 오래 탓하지는 않는다오."

할머니의 말이 사실일까? 의문이 들기도 했지만 할머니가 거짓말 할 사람처럼 보이지는 않았기에 그 이야기를 그대로 받아들이기로 했다. 검은말과 아이가 노는 모습을 한참 바라보고 있던 그가 할머니에게 물었다.

"저 사람 언제부터 저랬어요?"

그의 시선은 검은말의 다리 쪽을 향해 있었다.

할머니가 한숨을 푹 내쉬었다.

"작년 이맘때 저리 되었다오. 말을 타고 가던 아이가 떨어지는 걸 받다가 그만 저 지경이 되고 말았지요. 우리 마을에서 일을 제일 잘하고 인디언 명절 때 추장 춤을 추던 사람도 바로 저 사람이었는데……. 도시로 나가 수술도 해보고 치료도 받았는데 못 고쳤어요. 참 착하고 좋은 사람인데……. 불행은 선한 사람 악한 사람 가리지 않고 찾아오는 법인가 보오."

시무룩하게 이야기하던 할머니는 갑자기 뭔가 좋은 생각이 떠올랐는지 웃었다.

"막걸리 한잔하시겠소?"

정확하게 한국말로 '막걸리'라고 했다.

"막걸리요?"

이 인디언 마을에 막걸리라니! 그도 놀랐는지 눈을 동그랗게 뜨면서 믿을 수 없다는 표정을 지었다.

"야생 쌀로 만든 막걸리라오. 지난번에 저 사람이 도시에 나갔다 오면서 한국 막걸리를 사왔는데 입맛에 맞다 하기에 내가 지어내서 만들어 봤다오. 진짜 한국식 막걸리는 아니겠지만 비슷하게 흉내 내어 만든 거니 한번 드셔보시구려."

야생 쌀로 만든 막걸리는 회보라 빛이 돌아서 색깔은 좀 야릇했지만 맛은 거의 비슷했다. 오히려 한국 막걸리보다 더 구수하고 맛이 좋은 것 같기도 했다. 그도 한 잔을 말끔히 들이켜더니 더 달라고 빈 잔을 내밀었다.

"특허 내세요. 히트 상품 될 것 같은데요."

내가 엄지를 세워 보이며 말하자 할머니가 손사래를 쳤다.

"맛있게 잡수셨다니 그걸로 됐수다. 난 특허 같은 건 관심 없수다. 아, 그런데 혹시……."

할머니는 말끝에 이런 말을 덧붙였다.

"오늘 저녁 특별히 다른 일이 없다면, 저 사람 아내 제사를 지낼 건데 같이 참석 안 할라우? 매년 열댓 명은 참석해서 제법 북적거렸는데 올해는 여행객이 줄어드는 바람에 마을 사람들이 우리 빼고 죄다 돈벌이한다고 댐 공사하는 데 가버렸다오. 나랑 저 두 사람밖에 없어서 적적할 것 같은데……."

나는 구희태를 보았다. 결정권은 전적으로 그에게 있었다. 그가 입을 열었다.

"그렇게 되면 검은말이 우릴 호텔로 데려다주는 시간이 많이 늦어질 텐데요."

"아, 그건 걱정 마시오. 내가 얘기하리다. 당신들이 같이 있어준다면 저 사람도 좋아할 거요."

때로 여행지에서는 생각지 않은 사건이 일어나 여행의 재미를 더해주기도 하는 법이다. 우리는 술잔을 몇 번 더 주거니 받거니 하다가 다시 마차를 타고 어떤 동굴 앞에 다다랐다. 그곳은 아까 들른 '태양의 눈'에서 그리 멀지 않은 곳에 자리하고 있었다. 거기서 제사를 드릴 거라고 했다. 동굴은 꽤 크고 깊었다.

꼬마 아이와 할머니 그리고 그와 나는 일정한 간격으로 원을 그리며 앉았다. 검은말은 가지고 온 건초 묶음에 불을 붙였다. 불은 활활 타오르지 않고 깜박이는 별빛처럼 조금씩만 안으로 타들어갔다. 그 건초의 성질이 그런 모양이었다. 얼마 지나지 않아 쑥 냄새 같은 진한 향기가 연기와 함께 동굴 안에 퍼졌다. 검은말은 건초 묶음을 바위 위에 내려놓더니 뿔 나팔을 길게 불었다. 이어서 한국의 상여곡과 같이 단조롭고 슬픈 노래를 부르기 시작했다. 전혀 알아들을 수 없는 나바호 말이었는데 초혼을 하는 듯한 애절함과 비통함이 노래 전체에 스며 있었다.

"얼소 얼 소 다아히지흐간흐 얼 소, 아우 아노쉬니, 일데이 레이 아즈자, 호조 그 카이 하 테흔, 예카하야 닐치, 예카하야 트고, 예카하야 치이즈……."

할머니가 목소리를 낮추어 간간히 영어로 설명해주었다.

"죽은 아내에게 공기나 물이 되어 다시 이승으로 돌아와달라고 노래하고 있는 거요."

비통한 음조로 일관되던 노래는 점차 사랑을 고백하는 아름다운 세레나데의 멜로디로 변해갔다. 세레나데가 깊어짐에 따라 검은말의 얼굴에도 평온함과 환한 기쁨이 서서히 번지기 시작했다. 우리에게 뜻을 전해주는 할머니의 영어도 훌륭한 편이었다.

우리 앞에 불어오는 이 바람은

당신이 아직도 홀로 뜨거운 가슴으로 벌판을 달리고 있음이오

이 밤에 저토록 별이 빛나는 것은

죽어서도 잊지 못할 약속이

우리 속에 자라고 있기 때문이라오

지금은 바람이 되어 별이 되어

내 앞을 지나고 있는 당신

이제 해가 졌으니 그리움을 접고 편히 쉬시오

저 건너편 당신이 먼저 다다른 그곳에서 편히 쉬길 바라오

"나바호 전통 노래인가요?"

내가 물었다.

"아니. 저 사람이 직접 지은 거라오. 아내가 죽고 나서 저 사람은 시인이 된 모양이오. 매일 저녁 노래를 만들어 부르곤 한다오."

"아, 네⋯⋯."

나와 구희태의 입에서 동시에 '아, 네'라는 대답이 흘러나왔다. 검은말의 고통스러우면서도 환희에 찬 사랑의 노래는 동굴의 어둠마저 깃털처럼 부드럽게 만들었다. 그의 노래에 열중하던 나는 문득 구희태의 얼굴을 보았다. 이 느낌은 무엇인가. 그에게서 말로 표현하기 힘든 영적 변화가 일어나고 있음이 분명

했다. 어떤 감정에 완전히 몰입되었을 때, 영혼이 육신을 완전히 지배한 상태에서 일어나는 충일감이 그의 머리끝부터 발끝까지 번지는 것을 나는 보았다. 벼랑에 붙어 살던 꽃잎이 문득 자신의 존재감을 떨치고 새의 날개로 둔갑하는 순간, 메마른 흙먼지가 하얀 깃털로 새롭게 일어나는 그 순간의 긴장감. 그의 눈빛에서 흘러나온 느낌은 분명 그런 것이었다. 나는 조용히 눈을 감으며 동굴 속의 밤공기를 천천히 들이마시기 시작했다. 이곳에선 아무리 큰 사건이 일어나도 슬픈 평온을 바탕으로 한 이 완벽한 충일감을 건드릴 수 없을 것 같은 느낌이 들었다.

제례가 끝나자 기온이 급강하하기 시작했다. 탁자 바위 위에 놓인 건초 묶음의 불꽃은 마치 아직 소곤거려야 할 무엇이 남아 있다는 듯 망설임에 젖은 붉은 눈을 꺼질 듯 말 듯 깜박거리고 있었다. 그와 내가 두 팔로 어깨를 감싸자 할머니는 그럴 줄 알았다는 듯이 미리 준비해온 듯한 가죽으로 만든 인디언 옷을 우리에게 걸쳐주었다. 인디언의 옷에선 가죽 냄새와 함께 아득한 곳을 향해 달리는 말발굽에 고인 먼지 냄새가 한데 섞여 피어올랐다.

제사가 끝나고 그들과 헤어져 호텔에 들어왔다. 나는 로비에서 그에게 내일 일정을 간단하게 설명해주었다. 막 돌아서려는

데 그가 나를 불렀다.

"맥주 한잔하시겠어요?"

"저하고…… 말입니까? 아, 물론, 좋습니다."

너무 늦은 시간이기는 했지만 그냥 헤어지기도 좀 뭣하다는 느낌이 들어서 나는 흔쾌히 응낙했다. 테라스에는 파장 시간이 가까워서인지 영화도 이미 끝났고 두어 명의 손님만이 조용히 앉아 있었다. 웨이터가 맥주를 가져오자 그는 천천히 맥주잔에 입술을 대었다. 찌륵찌륵……. 풀벌레 소리가 크게 들려왔다.

"여행이란 참 이상하군요. 낯선 사람에게도 마음속 깊이 담아둔 이야기를 하고 싶게 하네요."

어색함을 풀려는 듯 그가 운을 뗐다. 낯선 사람이란 날 두고 하는 말이리라.

"가이드 양반에게 제 속 얘기를 하게 되리라고는 생각도 못했는데……. 제가 전혀 예상치 않은 행동을 하게 되는군요."

사실, 여행을 같이하는 사람은 새벽부터 밤까지 늘 붙어 다니기 때문에 비록 같이 있는 날이 며칠 안 된다 해도 그 어떤 만남보다 강력한 교제를 경험하게 된다. 게다가 여행이 끝나면 다시 볼 일이 없는 관계여서 여행길에서 만난 사람에게 오래된 친구에게도 못한 이야기를 스스럼없이 한다 한들 이상한 일은 아니다. 하지만 나는 그의 말을 막고 싶지 않아 잠자코 고개를 끄덕거리면서 다음 말을 기다렸다.

"저는 아주 가난한 집에서 태어났어요. 그래서 중학교를 졸업하자마자 일식집에 취직을 했습니다. 요리는 그때 배웠지요."

그는 잠시 침묵하더니 다시 말을 이었다.

"스무 살에 친척의 도움으로 이민을 오게 되었어요. 주방 보조로 몇 년 일하다가 일식집을 차렸는데 장사가 잘되더군요. 큰 집도 사고 좋은 차도 사고 건물도 사고 그랬지요. 그런데 일만 하다 보니 나이 마흔둘이 되도록 장가를 못 들고 말았어요. 그러다 단골손님 소개로 제 아내를 만나게 된 거지요."

캄캄한 밤하늘에는 수많은 별들이 손을 뻗으면 닿을 듯 무섭도록 가까이에서 빛나고 있었다.

"제 아내와 처음 만났을 때 나는 단박에 알아챘지요. 이 사람은 내 아내가 될 사람이 아니구나. 아내는 당시 스물여덟이었으니 저와는 열네 살 차이가 났어요. 나이 차도 컸지만 아내에게서 풍기는 분위기가 도무지 제 아내가 될 사람 같지는 않았어요. 뭐라고 할까……. 제 아내는 미모와 지성을 고루 갖춘 사람이었어요. 실제로 미국에서 대학 석사과정까지 마쳤으니 그 여자와 나의 교제가 어떤 결과를 낳을지는 불 보듯 뻔했지요. 나는 시간을 낭비하고 싶지 않아서 더 안 만나겠다고 했지요. 그런데 얼마 지나지 않아 소개해준 사람에게서 다시 연락이 왔어요. 여자의 어머니가 쓰러져서 치료비가 필요한데 아무도 도와주지 않아서 힘들어 한다고 알려주더군요. 나는 선선히 돈을 내주었어요. 그 후 여자는 종종 가게에 들렀지요. 시키지도 않았는데 웨이트리스 일이며 주방 일을 거들어주더군요. 함께 가게 문을 닫고 나오는 일이 빈번해지면서 우리는 함께 차도 마시고 영화 구경을 가기도 했지요. 그러던 어느 날, 여자가 내게 청혼을 해왔어요. 나는 학벌이 너무 차이 나서 안 된다고 거절했지요. 여자가 이렇게 날 설득하더군요. 내가 중졸이고 자기는 석사 학위를 받았으니 부부가 되면 우리의 평균 학벌은 고졸이나 대졸이 될 거라고요."

그가 어찌나 말을 술술 잘하는지 이 사람이 이제껏 그토록 말이 없던 바로 그 사람이 맞나 의심이 갈 정도였다. 그는 잠시 눈을 감았다가 뜨더니 다시 계속 말을 이어갔다.

"처음, 우리의 결혼 생활은 무척 순조로운 것 같아 보였어요. 아기가 안 생겼지만 저는 괜찮다고 생각했어요. 모든 걸 가질 수는 없는 게 인생이라고 생각한 지는 오래되었거든요. 몇 년이 지나자 아내는 불임 클리닉 다니는 데 지쳤는지 학창시절에 취미로 그리던 그림을 다시 그리기 시작했어요. 저는 아내가 소일거리로 그런 일을 하는 게 괜찮다고 생각했지요. 그런데 재작년부터 아내가 여행을 다니기 시작하더군요. 개인전 준비를 한다나 뭐 그러면서요."

일렁거리는 탁자 위의 호롱불 때문이었을까. 그의 얼굴 밑에 숨어있는 핏줄과 뼈들은 금세라도 살갗을 뚫고 나올 것처럼 심하게 실룩거리기 시작했다.

"여행이 잦아진다 싶어서 무슨 여행을 그렇게 자주 가느냐고 따진 적이 있어요. 근데 아내가 그러더군요. 당신은 문화라는 걸 도대체 알기나 해? 당신은 생각하는 게 왜 그래? 창의적 생각이라는 건 머릿속에 없는 거야? 당신 머릿속에 있는 단어는 모두 몇 개야? 회 뜨는 거 말고 일반 사람들이 생각하는 그런 생각 같은 건 당신 머릿속에 아예 없는 거야? 당신이 할 줄 아는 게 뭐야? 밥 먹을 때 쩝쩝 소리 내면서 먹는 거? 돈 벌어오는 거? 내가 원하지도 않는 이상한 디자인의 비싼 명품 사오는 거? 주로 이런 말들이었는데 모두 나를 힘들게 하는 말이었어요. 아내가 처음 그 말을 할 때는 상당히 주저하는 듯했는데 한번 그런 말을 뱉고 나니 그다음부터는 점점 자주 거친 말을 하더군요. 그런 말을 할 때 나를 보는 아내의 얼굴은 사납게 변해 있어서 내 아내가 맞나 싶은 생각도 들곤 했어요.

저는 그 후 아내와 말을 주고받을 때면 진땀이 나기 시작했어요. 자격지심 때문인지 왜 그렇게 말이 잘 안 나오는지 급기야 말 더듬는 버릇이 생기더군요. 바로 그 즈음일 거예요. 아내에게 남자친구가 생긴 게. 둘이 곧잘 여행도 가는 것 같았어요. 문자 메시지를 우연히 보게 되었지요. 그 남자가 아내에게 언제 이혼할 거냐고 물었어요. 아내는 당장 이혼하긴 어려울 것 같다고 대답했더군요. 저는 당장은 아내와 부딪히지 않는 게 최고다 싶어 그냥 못 본 척해주었어요."

그 남자친구가 아까 검은말이 이야기하던, 사진 찍던 남자란 생각이 들었다.

"그러다 아내가 교통사고를 당했지요. 어제 오다가 차를 세운 바로 그곳에서요……."

그는 잠시 입을 다물더니 긴 한숨을 내뱉었다. 나는 그의 잔이 빈 것을 보고 맥주를 따라주었다. 그는 조금씩 맥주를 삼키더니 다시 입을 열었다.

"아내가 죽은 지가 벌써 열 달이 지났습니다. 지난주에 화랑에서 소포가 왔더군요. 아마 아내가 생전에 개인전을 예약해둔 모양이에요. 계획서 복사본과 팸플릿이 들어 있기에 읽어봤어요. 모뉴먼트 밸리를 소재로 한 연작을 전시할 생각이었나 봐요. 다른 그림들은 〈모뉴먼트 밸리1〉, 〈모뉴먼트 밸리2〉 식으로 숫자만 달리 해서 제목을 정했는데 한 작품만 유독 제목이 다르더군요. 그게 〈태양의 눈〉이었어요. 전시회 제목도 〈태양의 눈〉이었고요. 그래서 아까 그곳을 가자고 우겼던 겁니다."

문득 검은말이 '태양의 눈' 앞에서 치유받았다는 말을 한 것이 떠올랐다. 그의 아내는 왜 그곳을 그리고자 했을까. 그녀도 그곳을 치유의 장소로 믿고 있었다면, 그녀가 치유받고자 한 것은 무엇이었을까. 과연 그곳에서 그녀는 마음의 치유를 받았던 것일까? 어쩌면 치유되지 않는 것 때문에 간절히 치유를 바라는 마음에 그곳을 자주 드나들었던 것인지도 모른다는 생각이 들었다.

불그스름하게 달아 오른 그의 얼굴은 취기가 완연해 보였다. 하지만 이따금 심호흡을 하며 눈을 질끈 감았다가 뜰 때 그의 이마에는 여기저기 흩어져 있던 생각을 모아 말로 만들어보려고 노력하는 사람의 표정 같은 것이 어려 있었다. 그가 갑자기 내 얼굴을 정면으로 바라보면서 이렇게 물었다.

"혹시 칼을 갈아본 적이 있으세요?"

칼? 갑자기 칼을 갈아본 적이 있냐니? 하긴 곰곰 생각해보면 칼이 워낙 안 들어서 숫돌에 칼을 갈아본 적이 있었던 같기도 하다. 하지만 이렇다 할 기억이 날 만큼 정성 들여 칼을 간 기억은 없다. 나는 자신 없는 투로 말했다.

"글쎄요…… 있긴 있었겠지요."

그는 나의 얼굴을 한번 흘낏 보더니 다시 말을 이었다.

"칼은 말입니다. 언뜻, 무딘 칼이 더 안전해 보이지만 사실은 그렇지가 않아요. 칼이 무디면 생선은 횟감, 찌개 거리 구분 없이 난도질만 당하고 엉망이 되지요. 날이 선 칼은 무엇이든 잘 도려내지요. 아, 내가 가이드 양반에게 무슨 말을 하고 있는 거지요? 직업은 못 속이나 봅니다. 가이드 양반에게 상관도 없는 칼 얘기를 이렇게 꺼내다니요. 근데요, 제가 무슨 말을 하고 싶으냐면요. 이곳에 오면 예리한 칼날이 아픈 곳을 도려내면서 참을 수 없는 통증을 유발하겠지만 결국 날 구해줄 거라는 그런 믿음이 들었어요. 그냥 시간이 지나기만 기다리는 건 무딘 칼로 내 가슴을 난도질하면서 견디는 것밖에 안 돼요. 직접 이곳을 돌아보고 아내의 행적을 하나하나 눈으로 확인하고 나면 오히려 나을지도 모른다는…… 그러니까 잘 드는 칼로 도려내자는 거지요. 그래서 억지를 부리며 이곳에 온 거예요. 이해…… 하시겠어요?"

이해가 정확하게 되는 건 아니었지만 전혀 이해가 안 되는 것도 아니었다. 문득 그가 모뉴먼트 밸리에 오기 전까지 그 어떤 풍광 앞에서도 꿈쩍 않고 무표정으로 일관한 것이 떠올랐다.

"꼭 여길 오시고자 하는 마음이 들었다면 왜 직접 이곳으로 오자고 하지 않으시고 다른 곳을 들르셨는지요?"

그는 아랫입술을 잠시 깨물더니 천천히 숨을 내쉬었다.

"이곳에 오는 게 두렵기도 했어요. 이곳에 와도 아무것도 해결되지 않고 더 답답해질 수도 있다는 생각도 들었거든요. 여기 오고 싶다는 생각과 여기 오고 싶지 않다는 생각 둘 다, 여행사에 전화를 걸 때부터 여기 도착하기까지 줄곧 떠나지 않았으니까요."

사내가 말을 마쳤을 때는 탁자 위에 놓인 호롱불은 거의 꺼질 듯 사그라지고 있었다. 그가 의자에서 일어나 손을 내밀어 악수를 청했다. 나도 손을 내밀었다. 그의 손은 노동을 많이 한 사람치곤 의외로 부드러웠다.

"긴 이야기를 들어주셔서 감사합니다. 내일 이곳을 떠나면 한참 또 달려야 하니 푹 주무세요."

그와 헤어져 방으로 들어와 누우니 피곤이 와르르 몰려오는

듯했다. 어디선가 남자의 흐느끼는 울음소리가 들리는 것 같기
도 했다.

다음 날 아침. 우리는 앞서거니 뒤서거니 주차장을 향해 걸었
다. 주머니에 넣어둔 휴대전화에서 신호음이 울렸다. 조 사장이
었다. 문자메시지가 와 있었다.

"구 사장에게 팁 주는 거 잊지 말라고 문자 보냈어."

나는 "아, 예"라고 짤막하게 답을 했다. 내가 어느새 그의 말투
를 그대로 흉내 냈구나 싶어 씩, 웃음이 나왔다. 나보다 앞서 걷
던 그가 나를 돌아보았다. 그의 표정이 밝아 보였다.

"행선지가 그랜드 캐니언이라 하셨죠? 기대가 되는군요."

흔히 여행자들이 새로운 행선지를 향해 출발할 때마다 하는
말이지만 그의 입에서 나오니 좀 특별하게 들렸다. 우리는 차를
타고 마지막 행선지인 그랜드 캐니언을 향해 달리기 시작했다.
그의 아내가 사고를 냈던 급경사 길을 지날 때였다. 나는 흘낏
그의 옆얼굴을 보았다. 아침 햇살을 받은 그의 얼굴에는 아물 때
의 상처처럼 편안한 주홍빛이 감돌고 있었다. 바로 모뉴먼트 밸
리의 색이었다. 시디에서는 코엘료의 '세르 코모 엘 리오 케'가
흘러나왔다. 나는 천천히 코엘료의 문장들을 한국말로 번역하여
그에게 들려주기 시작했다.

드림랜드로 간 사람들

스물여섯의 나이에 나는 가벼운 마음으로 미국 유학길에 올랐다. 몇 년 공부하고 한국으로 돌아갈 줄 알았기 때문이다. 그런데 돌아가지 못하고 시카고에서만 34년. 유학 생활이 직장 생활로 이어지면서 나의 신분은 자연스레 유학생에서 이민자로 바뀌었다. 그러면서 이민자들에게 주어지는 아픈 서사 속으로 걸어 들어가게 되었다.

미국이라는 드림랜드로 들어간 사람들에겐 숙제가 주어진다. 드림랜드가 과연 무엇을 뜻하는지 대답하라는 것인데 나는 능장을 부렸다. 너무 어렵기도 하고 어두워서 마음의 도리질이 끊이지 않았기 때문이었다. 하지만 이제는 도리질을 그만둘 때가 왔다. 좋든 싫든, 나와 비슷한 때에, 즉 1980년대와 1990년대에 미국으로 이민 온 사람들이 어떤 생활을 하고 어떤 마음으로 살아왔는지를 기록하고 싶다는 쪽으로 마음이 기울었다. 이러한 변화는 아마 몇 번 병치레를 하면서 생겨난 것이리라. 이러다 아무것도 못 쓰고 죽는 거 아냐, 생각이 여기에 미치자 갑자기 마음이 급해졌다. 이 글을 쓰면서 현장감과 진정성을 부여하기 위해 리얼리티에 충실하려고 애를 썼다. 기록을 남길 때의 느낌으로 쓰기 위해 실제 시카고에서 일어난 사건들이나 내가 직접 보고 듣고 느낀 것들과 이웃에게 들은 실제 이야기 등을 동원했다.

십수 년 전, 어느 성탄절 아침이었다. 한인 여성이 바람난 백인 남편을 총으로 쏘았다는 뉴스가 보도되었다. 알고 보니 주인공 여자는 지인의 소개로 한때 나와 만난 적이 있는 사람이었다. 내 또래였고 시원시원하게 생긴 미모의 지식인이었다. 이야기를 할 때마다 활짝 웃는 모습이 매력적이었다. 그래서 한 번 보았을 뿐인데도 기억에 오래 남는 그런 사람이었다. 근데 그 여성이 바로 총격 사건의 주인공이라니. 충격은 오래도록 가시지 않았다. 그녀에 대한 아픔이 〈드림랜드〉의 밑그림이 되었다. 드림랜드인 줄 알고 미국에 왔다가 드림랜드에 숨어 있는 깊고 완고한 감옥에 갇힌 자의 이야기. 그게 〈드림랜드〉의 맥을 구성했다.

내가 강의하는 일리노이 주립대학에는 여러 인종의 학생들이 섞여 있다. 백인과 흑인, 인도 학생과 남아메리카계 학생들…….
이들을 처음 만났을 때 내가 힘들었던 건 단지 영어로 수업을 해
야 하는 어려움 때문만은 아니었다. 피부색이 다르고 문화가 다
른 이들과 내가 친하게 지낼 수 있을까? 질문은 계속되었다. 가
까워질 수 있다면 얼마나 가까워질 수 있을까? 나와 다른 피부
색을 가진 사람들과 마음을 나눈다는 게 과연 가능키나 할까?
회의를 느꼈다. 낮 시간 내내 다른 인종 사람들과 미소 지으며
대화를 나누고 돌아온 저녁이면 반드시 매운 음식을 먹으며 속
을 가라앉혀야 했던 이유도 이와 무관하지 않았을 것이다. 물
론 지금은 생각이 바뀌었다. 인종이 다른 사람들과도 진정한 친
구가 될 수 있다고 생각한다. 진심이다. 내 피붙이 중에 누가 국
제결혼을 한다 해도 기쁘게 받아들일 만큼 마음이 열리게 되었
으니까. 하지만 처음에는 그렇지 못했다. 다른 인종에 대해 이민
초기에 가졌던 차별의식을 반성하는 마음으로 〈폭우〉를 썼다.

　미국에 온 후 나는 기독교인이 되었다. 그래서 사우스다코타
주에 자리한 인디언 마을로 단기 선교를 몇 번 나갔다. 거기서
알게 되었다. 인디언 보호 구역 안에 살면 정부에서 매달 생활
비가 지원되고, 그 선 바깥으로 나가면 보조금이 끊어진다는 걸.
그리고 아무 밑천 없이 다만 자유를 찾아 다른 도시로 나갔던 인
디언 청년들이 다시 자기 마을로 돌아오는 경우가 많다는 것을.

아침부터 마약을 하고 술을 마시는 그들을 보면서 이게 뭐지, 싶었다. 미국 정부의 '보호정책'이 무섭다는 생각이 들었다. 또 모뉴먼트 벨리로 여행을 갔을 때 만난 인디언들. 백인에게 땅을 빼앗기고 저녁놀 길게 비치는 흙길에서 가던 길을 멈추고 서 있는 그들은 무엇을 생각했던 것일까. 곳곳에 즐비한 그들만의 성지. 성지가 그리 많음은 외로움도 그리 많음을 말해주는 것은 아닌지. 이러한 인디언과의 만남이 〈나바호의 노래〉를 만들어주었다.

교회를 나가면서 처음 성경을 읽었을 때 가장 힘들게 읽은 것이 〈욥기〉였다. 하나님이 지배하는 세상은 응당 권선징악으로 이어져야 하는 거 아냐, 라는 생각이 들었기 때문이다. 마지막 단락을 제외하곤 욥의 서사를 읽는 내내 마음이 언짢았다. 그러면서도 〈욥기〉를 열 번쯤 꼼꼼하게 읽었다. 이민자로서의 신앙생활이 〈욥기〉의 구조와 흡사해서 그랬을 것이다. 〈욥기〉를 읽으면서 하나님, 운명, 부조리에 대해 묵상하게 되었고 그것이 〈살아나는 박제〉를 쓰게 했다. 내가 쓴 소설 중에 가장 먼저 쓴 소설이 이것이기도 하다.

미국에 와서 한인 친구들을 사귀게 되었다. 친해진 후에 그들의 가게에 놀러가보곤 했다. 빈민가에서 옷을 팔면서 들어오는 사람이 도둑인지 손님인지 늘 신경을 써야 하는 친구네 가게, 혹

인들만 상대하며 가발과 염색약을 파는 가게 등등. 그들이 일하는 곳은 늘 활기와 위험이 넘쳐났다. 그중에서 가장 놀랐던 곳은 범죄율이 높기로 소문난, 시카고 남쪽 상가에 자리한 세탁소였다. 그 세탁소 중앙에는 쇠창살이 일정한 간격으로 박혀 있어 손님과 주인 사이를 갈라놓았다. 도둑이나 강도 위험 때문에 설치해놓은 것이라 했는데 어쩐지 감옥을 연상케 했다. 돈과 세탁물은 쇠창살 사이로 주고받는다. 왜 이런 곳에서 일하냐고 물었더니 친구가 대답했다. 이곳은 위험해서 아무도 장사할 엄두를 못 내니 경쟁자가 없다고. 그래서 돈이 잘 벌린다고. 그녀는 희미한 미소를 지으며 대답했다. 바짝 마르고 말이 없어 약해보이던 그 친구가 용사 같아 보였다. 하긴 어떤 의미에서 모든 이민자는 전쟁터에 내보내진 용사일 것이다. 그 친구의 이야기가 〈선택〉의 얼개를 만들어주었다.

다 쓰고 보니 이민자들의 이야기가 너무 어두워졌다. 이민자들의 삶의 모습에는 다양한 층위가 있는데 왜 이리 어두운 것만 끄집어냈냐고 물으면 특별히 대답할 말은 없다. 다만 소설을 쓰려고 작정하면 우울하고 낮은 음조의 사람 풍경만 떠오르는 걸 어떡하느냐는 그 말밖에는. 물론 이민자로 살아가는 모든 사람이 이 소설집에 나오는 것처럼 그리 힘들게 살아가는 것만은 아니다. 집에서 십 분만 걸으면 미국이 얼마나 살기 좋은 곳인가를 실감케 된다. 나무들이 울창한 숲, 하늘빛을 닮은 맑고 조용한 호수가 그림처럼 흐르는 풍경. 그리고 맨발로 걸어 다녀도 될 것 같이 깨끗이 청소되어 있는 동네길. 주류사회에 무난히 진입하여 성공한 사람들과 인사를 나누며 산책하다 보면 이곳이 정말 드림랜드가 아닌가 싶은 생각도 든다.

층위는 정말 다양하다. 그런데 막상 내 가슴에 남는 서사는 가던 길 멈추고 서 있는, 등에 고랑이 파인 사람들과 관련된 것이다. 성공한 이민자들에게는 미안하다. 이런 글 때문에 미국 이민자들 괜히 오해받는 거 아니에요? 누가 따지고 들면 뭐라 말할 것인가. 그러게요. 송구하기 짝이 없네요. 하지만 다음에 혹 다시 소설을 쓰게 되더라도 실패의 여정 속에서 손바닥 발바닥으로 드림랜드를 문지르고 끌고 가야 했던 사람들의 이야기를 쓰게 되지 않을까, 예감은 그쪽으로 기운다. 그들에 대한 여운이 아직 내 안에 남아 있으므로. 내가 또한 바로 그들이므로. 해가 기운다. 가다 멈춘다. 무거운 짐 가방을 끌고 가는 그를 본다. 그리고 길게 늘어져 있는 내 그림자를 본다.

타자(他者)의 꿈, 화해의 길

김종회(문학평론가, 경희대학교 교수)

　신정순은 소설가이자 동화 작가이다. 그는 당초 소설을 쓰면서 동화 쓰는 일을 병행했다. 이는 다각적인 글쓰기의 재능을 보여주는 것이기도 하고, 그의 내면세계가 작가로서의 치열성과 동심의 순수성을 함께 끌어안고 있음을 보여주는 것이기도 하다. 그런데 소설이건 동화이건 그의 작품 경향에는 일정한 패턴이 작동하고 있다. 우선 오랜 세월 미국에 거주한 만큼 작품의 무대가 미국으로 설정되고, 그 이민사회의 이중 언어와 이중 문화로 인해 유발되는 문제를 주된 대상으로 한다. 곧 디아스포라적 글쓰기의 한 범례에 해당한다는 뜻이다. 이는 신정순 문학의 특화된 토양을 의미하는 것이기도 하다.

　그런 다음 그의 작품 속 인물들은, 이민사회의 어려움 가운데에서 극적인 사건에 부딪치거나 '나쁜 사람'을 만나 고초를 겪는 전환기를 만난다. 그것이 너무 혹독하여 때로는 죽음을 목격하기도 하고 감옥에 가기도 한다. 사랑이나 결혼 생활의 실패는 거기에 비하면 약과에 지나지 않는 경우도 있다. 그런데 거기서 끝나는 이야기라면, 신정순 문학이 그와 같은 삶의 고통스러움을 표출하는 데 그칠 뿐 별반 가치 있는 논의를 생산하지 못할 것이다. 이 작가는 거기서 여러 걸음 더 나아간다. 척박한 상황의 질곡 속에서 그는 꿈이 있는 내일에의 길을 포기하지 않는다. 그 꿈은 연약하고 무너지기 쉬운 '타자의 꿈'이다.

그것도 이민자의 연약과 여성의 연약, 즉 '이중적 타자'일 때가 많다. 그런데 내일을 꿈꾸는 자와 그 꿈의 끈을 놓아버린 자의 미래는 천양지차가 있다. 꿈꾸지 않고 그 소망의 자리를 향해 나아갈 수는 없다. 소설에 있어서나 실제적인 삶에 있어서나, 이것은 보편적 이치요 상식적인 세상살이의 문맥이다. 그렇게 신정순 문학은 보다 나은 내일, 보다 나은 세상을 꿈꾼다. 그 소박한 소망은 상황이 어려울수록 더욱 빛난다. 마침내 이 작가가 도달하기를 원하는 지경은, 그 모든 굴곡을 넘어 선한 의지와 조화로운 만남이 작동하는 곳이다. 마음을 열고 있는 그대로의 사람을 받아들이는 일은, 그 대상자 이전에 등장인물이 자기 자신을 용서하고 수긍하는 방식이다. 거기에 문학적 담론을 지배하는 감동이 살아난다.

표제작 〈드림랜드〉는, 어린 시절에 가본 놀이공원 드림랜드를 말하는 것이면서 동시에 꿈꾸는 자들의 땅 아메리카를 암시한다. 화자인 '나'가 살아가는 곳은 지금 드림랜드가 아니라는 언표인 동시에, 생각과 행위의 곤고한 과정을 거쳐 이윽고 그 땅을 찾아가리라는 결기를 표상한다. 이러한 발화 방식이야말로 신정순 문학의 전매특허다. 그 다층적 뉘앙스를 안고 있는 '나'는, 시카고에서 가장 범죄율이 높다는 드림랜드 지역에서 커피와 도넛을 파는 '드림 도넛'의 주인이다. '나'의 남편은 일견 자기 우선의 이기적인 사람이다. 딸아이에게 폭력을 행사한 장본인인데, 영주권 문제를 내세워 '나'를 대신 감옥에 보냈다.

감옥은 '나'를 변화시켰다. 남편에 의지해서 사는 삶으로부터 자신의 두 발로 일어서는 법을 가르쳐주었다. 거기에는 백인 남편을 총으로 쏘고 수감된 한국인 여성 '김학경'이 있었고 그의 사건은 매우 극적인 간접체험으로 기능한다. 김학경은 '나' 한혜주와 닮은꼴이었던 것이다. 출감 후 '나'를 기다린 것은 한국의 이모가 알려온 엄마의 죽음이었다. 엄마의 유산으로 '나'는 가게를 얻었다. 여기까지의 나쁜 사람은 남편이었고, 나쁜 상황은 이민자가 겪어야 했던 어려움이었다. 이 고착적인 이야기 구조는 가게에 강도가 들고 남편이 이 급박한 사태에 구조자로 등장하면서, 어두운 채색을 바꾸기 시작한다. 알고 보니, 남편은 그 나름으로 '나'를 위해 최선을 다했던 것이다. 그때까지 반어적 표현으로만 읽히던 드림랜드는 비로소 긍정적 어의語義로 다시 읽힌다.

단편 〈폭우〉는 그야말로 한 남자에게 사랑과 돈을 모두 바쳤던 여자의 실패담과 그 극복의 과정에 관한 이야기다. 미주 디아스포라 판 '여자의 일생'이라 할 수도 있겠다. 화자인 '나'는 산체스라는 남자의 아내이고, 그 산체스가 교통사고로 사경을 헤매는 시점에서 이야기를 시작한다. 그날이 이 부부의 '백만 달러를 받는 생명보험 약정 기간 마지막 날'인 까닭에 사고에 경찰 조사가 개입한다. '나'의 짐작으로 범인일 법한 자가 없지 않으나 이를 말하지 않는다. 범죄 구성이 이루어지면 보험금에 문제가 발생하기 때문인데, 그렇다고 해서 '나'가 사망 보험금을 노리는 '나쁜 사람'은 아니다. 이 복잡하고 다기한 이야기의 배면에 '나'가 겪은 참담한 삶의 전사前史가 있다.

산체스는 '나'의 두 번째 남자이고, 전 동거인은 시카고 대학에서 경영학을 전공하던 장우현이란 유학생이다. 그는 '나'의 헌신으로 학위과정을 마치자마자 '나'의 몽유병을 빌미 삼아 한국으로 떠난다. 두 번째 남자 산체스는 비록 하층계급의 사람이지만 헌신적이고 신뢰할 수 있는 인품의 소유자다. 그는 멕시코인 아버지와 한국인 어머니의 아들이다. 그의 '엄마'는 국경을 넘어오다가 총격을 받자 총알받이가 되어 아들을 구했다. 그 산체스가 생사의 기로에 있는데, 의식이 있을 때의 나는 5퍼센트의 확률에도 산소호흡기를 통한 연명을 원한다. 그러나 몽유 상태의 '나'는 인공호흡을 중단하고 백만 달러의 보험금을 청구한다. 가히 소설적 트랙으로서의 볼품이 있다.

단편 〈선택〉은 어머니의 극단적인 남아선호사상에 밀려 미국행을 선택한 딸과 그 가족사에 얽힌 이야기로 시작된다. 오빠와 '나'는 쌍둥이 남매로 태어났지만, 상대적으로 똑똑한 딸이 아들의 운을 가로막는다는 속설로 인해 '나'는 극단적인 차별대우를 받으며 성장한다. 미국에서 세탁소를 운영하는 남자와 쉽사리 결혼한 것도 결국 이 탄생과 억압의 굴레를 벗어나기 위한 하나의 방편이었다. 어머니 또한 딸을 결혼시켜 멀리 보내야 아들의 운이 살아난다는 미신에서 벗어나지 못했다. 여기까지 나쁜 사람은 '엄마'다. 이 개명開明한 세상에 다시 있을 것 같지 않은 어머니다. 물론 그 외에도 '나'를 미국으로 보내는 이야기의 조건에는 여러 가지가 매설되어 있다.

그렇게 만난 남편이 재미동포 이석훈이다. 미국으로 건너가 목도한 그의 형편은 생각보다 훨씬 열악했고, '나'는 힘겹게 새로 맞이한 환경을 지키고 또 일정 부분 극복했다. 그런데 '엄마'가 임종을 맞았다. 온갖 애증이 점철된 이 모녀는 그렇게 인생의 마지막 순간에 한마디 인사도 나누지 못하고 헤어졌다. 사람 사는 일이 꼭 상례만 따르는 것이 아니라면, 그 마지막 작별에 모녀가 마음으로 나눈 인사는 유효할 뿐 아니라 감명 깊다. '엄마'

의 미안해하는 마음이 가슴 밑바닥을 두드리는, 여러 차례에 걸친 환청은 어쩌면 딸의 삶에 긴요한 구원의 빛이 될 것이다. 그 구원의 힘으로, 그리고 더 크게는 미국에서 응원해주는 남편의 진실한 사랑으로, '나'는 오빠에게 재산을 양도했다. 그런 연후의 자유로운 심상에 남편의 얼굴이 밝은 희망처럼 떠오른다.

단편 〈살아나는 박제〉에는 앞의 세 소설과는 달리, 남성 화자가 등장한다. 미국으로 신학공부를 하러 간 '나'는, 아주 우연한 기회에 칠 년 동안이나 소식이 끊긴 '형기 형'을 만난다. 그는 '나'의 멘토였고 정신적 지주였으며 공부하는 데 있어서도 창의적 아이디어와 방법론을 공여해주던 선견자였다. 명문 의과대학 학생이었던 그가 홀아버지 강 장로, 결혼을 약속한 옆집 정희 누나, 그리고 '나'를 모두 버리고 잠적해버렸다. 형을 찾아 헤매던 '나'에게 그의 아버지 강 장로는, 형이 자신의 몸에 '나병균'이 흐르고 있어 치료 가능성을 알아보고 마음이 정리된 후에 연락 드리겠다고 쓴 편지를 보여준다.

그런데 미국에서 뜬금없이 만난 형은 잠복 기간이 이십 년이 넘을 수도 있다는 지식을 갖고 있을 뿐 아직 나병 환자가 아니다. 형은 나병균 잠복 사실을 안 후 한 달만에 미국으로 왔고, 그동안 사냥과 박제 그리고 시체 화장 및 방부처리 등의 일을 하며 살았다. '나'와의 만남은, 그 박제 일이 살상사건으로 오해받으면서 경찰의 통역 요청으로 인한 것이었다. 그가 '나'와의 만남 이

후에 한국으로 돌아갈 결심을 하는 것은, '나' 때문인지 자기방황의 연한이 차서 마음의 성숙을 얻은 때문인지는 분명하지 않다. 그러나 나는 그로부터 다시 음식 맛을 느끼기 시작한다. 이 소설에서 보다 특이한 것은 기독교 신앙과 교리에 대한 이 작가의 수발秀拔한 접근이다. 〈드림랜드〉에서도 잠깐 내보인 바 있으나, 여기서는 훨씬 본격화되어 추후 이 대목에 대한 정치한 고찰이 필요하다는 감상을 촉발하기도 한다.

마지막 단편 〈나바호의 노래〉는 그 출발 지점이 매우 흥미롭다. LA에서 여행 가이드 일을 하고 있는 베테랑 안내원을 화자로, 그가 만난 얼떨떨한 사내 구희태를 관찰하는 이야기이다. 구 사장은 〈LA타임스〉에 맛집으로 소개된 이름난 일식당의 주인이자 스시맨이다. 화자는 그가 중졸 학력에 촌스럽기 그지없으나 재력이 있다는 뒷말과 함께 라스베이거스로 여행안내를 떠난다. 구 사장의 목표는 여행이 아니었다. 그의 목적지는 모뉴먼트 밸리라고 하는 곳, 미국 정부가 한때 원주민 나바호족을 내쫓았다가 이제 자치령이란 이름을 붙여준 지역이다. 그 길목에 구 사장의 아내 정선미가 교통사고로 죽은, 낭떠러지로 이어지는 가장자리가 있다.

그의 아내는 어려울 때 도움을 받고 그와 결혼했으나 결국 그 마음을 끝까지 붙잡아두지 못했다. 사진작가인 남자와 이곳에 왔다가 사고를 당한 것인데, 구 사장은 굳이 그 현장을 확인해야 하는 심정적 경사를 가진 터이다. 그는 "이곳에 오면 예리한 칼날이 아픈 곳을 도려내면서 참을 수 없는 통증을 유발하겠지만 결국 날 구해줄 거라는 그런 믿음이 들었어요"라고 고백한다. 그리고 소설의 이야기는 그의 말처럼 흘러가고, 작가에게는 그것이 멸절의 삶 속에서 새롭게 희망을 말하는 그 자신의 방법이 된다. 이야기의 배경에는 마치 전설과도 같은 나바호족의 묵은 지혜들이 그림처럼 펼쳐져 있다.

이제껏 공들여 살펴본 신정순의 단편소설 다섯 편은, 그야말로 흙 속에 묻힌 옥석을 발견한 듯 주옥같은 작품들이다. 8만 리 태평양 건너 미국 한인문학에, 이처럼 빼어난 글쓰기의 솜씨가 숨어 있을 줄 몰랐다. 이 놀라운 발견은 주로 그의 선명한 공간의식과 주제의식에서 비롯된다. 그런가 하면 이야기의 재미와 감동적인 화해라는, 근자의 한국 소설에서 거의 실종되어버린 소설의 미덕을 다시 목도하는 기꺼움도 있다. 이러한 소설적 발화법은, 앞으로도 이 작가에게 지속적인 수작의 산출을 약속할 것으로 여겨진다. 다만 그 소설적 형틀이 자칫 일종의 스테레오타입으로 침윤하지 않기를 말해두고 싶다.

물론 이 부분에 주의력을 집중하면, 그가 가진 안목과 기량이 그 우려를 충분히 넘어설 것으로 본다. 신정순의 소설들을 한꺼번에 읽는 동안, 나는 내내 행복했고 즐거웠다. 그러기에 그의 다음 작품들을 기쁜 마음으로 기다릴 것이다. 소설은 물론 동화에서도 뛰어난 글쓰기의 실증을 보여주는 이 작가는, 그동안 발표한 여러 권의 동화집 외에도 〈미주문학〉에 연속적으로 동화작품을 발표하고 있다. 미국 대학의 교수이자 미주 디아스포라 문학 연구자이기도 한 그의 행보는, 한민족 문화권 문학이라는 더 큰 범주에의 기여로 작용하고 있기도 하다. 그의 건필을 위해 기도하는 또 다른 이유다.

이 책에서 만난 신정순의 단편들은 단단하면서도 부드러웠다. 이야기 구조와 주제의식은 견고하되, 이를 감싸고 있는 감성적 표현과 인간애는 결곡한 울림과 여운을 남긴다. 마치 황순원의 〈소나기〉나 안톤 체호프의 〈비애〉가 보여준, 잘 빚어진 단편소설의 표본 같은 후감을 느끼게 한다. 오늘날과 같이 영상문화가 문자문화를 압도하는 시대, 상업성을 앞세운 전작장편이 득세하는 시대에, 세찬 여울목의 조약돌처럼 깔끔하고 아름다운 단편소설 몇 편을 여기 소개해본다. 먼 나라에서 소중하게 모국어를 지킨 공로 또한 이 작가의 몫이다.

Dream Land